我が夫のふまじめな生き方

曽野綾子

我が夫のふまじめな生き方　目次

第一章　ユーモアと機知

第二章　とらわれない心

第三章　百科事典ミウラニカ

第四章　良き友よ

第五章 我が家の掟

第六章　老いの一徹

第七章 死に添う

装幀・本文デザイン／塚田男女雄（ツカダデザイン）
三浦朱門・曽野綾子撮影／篠山紀信

第一章 ユーモアと機知

ふまじめを絵に描いたような人だった

曽野綾子

夫は若い時から、不真面目を絵に描いたような人であった。決してまともな表現をしない。若いお嬢さんには必ずからかうようなことを言う。行動の上では何もワルサをしないが、言葉の上の「不良」である。

だから私の一家は、いつも笑ってばかりいた。世間のことを、いつも斜めから見て喋っている。

*

私たちのような古い夫婦になると、結婚式の記憶もはるか昔のことになって、「あの頃（昭和二十八年）は日本中が貧乏でよかったわね。ウェディング・ケーキなんて習慣もあまりなかったし、海老をださなきゃいけないなんて空気もなかったもの」と私がいえば、夫の三浦朱門は「あの時、一人前の費用は確か千八百円で済んだはずだ。安くてよかった」などと志低いことを喜んでいる。

*

朝刊は、エジプトのムバラクが、スイスの銀行に三百七十五億円を貯めていたことが書いてある。一九八一年以来三十年、大統領の地位にあったのだから、それなりの蓄財をしていても当然だが、「それにしてもどうしてそんなに貯めなきゃいけなかったのかしらね」と私が独り言を言うと、夫の朱門が「僕より少し多いな。三百七十四億円とちょっとくらい多いだけだ。大したことはない」と言う。

東日本大震災の後始末の話の中で、被災地の子供たちがやっとどこかの校舎や教室に間借りをして新学期の授業を始めたというニュースが流れると、朱門は言うのだ。

「かわいそうに。もっと長く、一年くらい休ませてやりゃいいのに」

自分が徹底して学校が嫌いだったので、今でも劣等生的ひねくれた姿勢が抜けないのである。家に来ていた客に、「でも子供は、学校で遊びたいものなのよ」と解説されている。

人間は目的のものだけを見ている

曽野綾子

夫に「どうしてあなたは外に出て疲れないの」と言うと、「バカ、人間は目的のものだけ見ているんだ。美人だけ見て、他の人は見てないんだ」と言われました。人間は瞬間瞬間に自分にとって価値あるものを選択をしているということなんでしょうね。

妻は昔、「人の会話のジャマをするんじゃない」などと叱らなかった

三浦朱門

我が家には女性の秘書が三人いる。常時出勤しているのではなく、週に三日程度で交代するようになっている。彼女らは娘時代に我が家の秘書だったが、結婚して辞めていった。それが、子供が大学に行くようになって、いろいろと費用がかかるので、二度目の勤めに出た、ということである。四十代が一人、五十代が一人、六十代が一人。

私は彼女らに妻、つまり曽野綾子の若い時の写真を探してくれ、と頼む。

「なぜですか」

彼女らは不思議そうな顔をする。

「いやね、今の彼女は恐ろしいだろ。何かというと、ボクのことをボケたんじゃないの、

と言うしさ。何か言おうとすると、『人の会話のジャマをするんじゃない』と叱る。こんな怖い人と結婚した覚えはないんだ。だからよっぽど、昔の彼女はセクシーだったとか、窈窕《ようちょう》たる美女だったか、と思ってさ。ウン、なるほど、これならボクがだまされても仕方がない、というような人だったのかな、と思いたいのよ」

そう言うと、彼女らは笑って、相手にしてくれない。もちろん、曽野の若い時の写真を探すようなことはしない。

しかしヒョッとすると、彼女らは私の言葉から、自分たちも、夫にそう思われているのではないか、と反省するかもしれない。

✿「今日は暑いね。裸で帰っていいよ」

曽野綾子

朱門は、秘書たちを自分の娘のように思っていた節がある。だからいつもからかい、彼女たちも自然にその手には乗らないような姿勢になって来ていた。もっとも初めの頃は、秘書たちも若く、それで苦労もしたらしいのである。

初代のS子さんは或る日、お小遣いをはたいて高価な網タイツを買い、少しお得意ではいて来た。朱門はそれをじっと見ていたが、やがて言った。

「どこかで見たと思ってたら、やっと思い出した。あれは熱海駅で売ってる袋入りの蜜柑なんだ」

今、そう言われたって何でもないけれど、「当時は『乙女心』ですから、傷つきました」と彼女は言う。しかし朱門に言わせれば、そんな風にして彼は秘書たちを鍛えたのだという。

この空気は、後年まで変わらなかった。

秘書たちは、ずっと勤めてくれたのだが、或る暑い日に優しい朱門は言ったのだという。

「今日は暑いね。君たち裸で帰ってもいいよ」

ジョークとセクハラは紙一重

曽野綾子

秘書の運転する車で送ってもらって三戸浜に移動。

行きの車で感動すべき光景を見た。

車自体の数が減っているとは思われないのだが、第三京浜の高速道路を走る車の速度は、いっせいに落ちたのである。今まで時速百キロが流れの主流で、それより速い車が追い越して行ったのだが、今日は主流が八十キロに落ちているのがはっきりわかる。もちろんドライバーたちが高騰しているガソリンの消費を押さえようとして経済速度を取っているからだ。

こういう現象は、三十五年前のオイル・ショックの時にも見られた。当時は東名高速道路を百二十キロで走っていた流れが、自然に百キロに落ちた。今度は第三京浜のせいもあるが、百キロが八十キロに落ちている。

「日本人は他人に言われなくても、個人の才覚と良識で社会的困難を克服しようという行動がとれるのは大したものよ」

と朱門に電話で言ったついでに、

「うちの秘書も立派よ。何にも言わなくても八十キロですもの」

と言ったら、前後をちゃんと聞いていないふりをして、

「体重が？」
と聞き返した。これはもうセクハラの分野だから、ちゃんと秘書に告げ口することにした。

*

最近の我が家は秘書たちとお昼ご飯を食べるので、昼食は五、六人になることがあるんです。私が倹約して新鮮だけど安い干物を買っておいて冷凍してありますから、午前中我が家の台所にはそれを解凍するために、干物が五、六枚並んでいることがあるんです。すると朱門はそれをちらと眺めて「うん、魚の死体だな」と言ってどこかへ行ってしまう。秘書たちが私に言いつけに来るんです。年を取って自分の言葉の効果なんかまったく考えない人物になったんでしょうね。

我が家の秘書が自分の夫を心配するとき

三浦朱門

自慢ではないが、我が家の秘書たちは、美女ばかりである。容姿で秘書を選ぶのか、と質問されたこともある。

「○○さんの処女を守る会」を作ろうと言った編集者もいた。だから、彼女らに夢中になった青年がいたことは、当然だと思う。

しかし彼女らも結婚四十年、三十年記念が目前に迫っている。多分、家庭では暴君的主婦になっているに違いない。それで私は彼女らの夫や子供のために、曽野の悪口を言って笑わせているのである。

週刊誌のグラビアなどで、半裸の美女の写真があると、

「ああ、ボクはこういう人と結婚したかったんだ」

と言うと、もはや若いとは言えない秘書たちは、せせら笑って、

「でもこの人は男関係がいろいろあるんです」

とか、

「でも、こんな写真を撮らせて、男たちの見せ物になって、いいんですか？」

と言う。

「ホント、男なんていつまでも、若い女となると目がないんだから」

と彼女らはおなかの中で思い、そういえばウチの亭主も……、と思うようになれば、私がグラビアの半裸の美女にウツツを抜かしても、彼女らに何らかの貢献をした、と言えなくもない。

見知らぬ人からの電話に「秘書はいま寝てます」

曽野綾子

或る夕方、酔っぱらっているのではないかと思うような口調で見知らぬ人から電話が掛かって来た。たまたま出たのは朱門である。

「ソノアヤコはいるかね」

「いません」

「ふうん、じゃ秘書はいるかね」

「もういません。うちの秘書の勤務時間は、午前十一時から、午後一時までです」

そんなばかな勤務時間はないが、相手は気がつかない。電話を切ると、朱門は私たちに言った。

「今度、また同じ奴から電話が掛かって来たら『秘書は今寝てます』と言ってやる」

秘書はなぜか嫌がっていた。

「彼女は男の人と行っちゃいました」

曽野綾子

私がサハラに行った時、知人たちから、「奥さん、サハラだそうですね。よくそんな危険なところへ出かけるのをお許しになりましたね」とでも言われようものなら彼は嬉しそうに答えていたようである。

「何でも砂漠に行くと、神が見えるんだそうですよ。しかし砂漠に行かないと神が見えないとは、不自由なもんですな」

女房の馬鹿さ加減を口にするのは、日本の男にとっては実に無難な快楽であるらしい。

まだ若い時、或る日、電話口に出た夫に、相手が、

「曽野さんはおいでですか？」

と尋ねた。すると夫は、

「彼女は、誰か男の人と出て行っちゃいましたけど」

と答えたと言って、秘書は笑い転げていた。夫にすれば、自分が名前を知らない編集者と私が、仕事で出かけたことを言ったのだから、別に不正確ではない、ということなのだ。

一男《いちなん》去ってまた一男

曽野綾子

共通の知り合いの編集者のMKさんが、前の夫人を亡くした後、二度目の結婚をした。三浦朱門はすぐ私に「MKはバカだなあ。一難去ってまた一難じゃないか」とことづてをさせた。するとMKさんからすぐにファックスで返事が来た。

「連れ合いが申しております。一男《いちなん》去ってまた一男」

朱門はこういうやりとりが大変好きだった。

「新潟の人ってみんな日本語喋っている」

新潟で大きな災害があった時だった。

テレビで見ていた朱門が言った。

「驚いたね。今の新潟の人って、みんな日本語喋ってる」

彼はお母さんっ子だったが、その美人の母が新潟出身であった。彼は自分の好きな人ほど、その人の前でワルクチを言う趣味があった。

「昔、うちの婆さん（新潟出身の母のこと）が言ってた。食べるスス（寿司）、踊るスス（獅子）、黒いスス（煤）だったからね」

曽野綾子

人をすぐ信じる人間は危ない

三浦朱門は、四十三歳まで日本大学芸術学部の教授だった。ほんとうの意味では教育に関心はあるが、その表現はいつも少し、ひん曲がっていた。自分の息子にも、いつも

曽野綾子

嘘ばかり教えていた。

「イワシという魚は、臆病なものだから、怖がってお互いにぴったりくっついているのが好きなのさ。だから藁しべを海に放ると、イワシの奴が、そこでもぴったり並んで休む。そこを釣り上げる。それを干したのがメザシさ」

「カマボコという魚はナマケモノでね。昼寝ばかりしている。だから板切れをぽんぽんと海に投げてやると、ぺたっとくっついて寝るんだよ。それを上げれば、カマボコだ」

幼い息子は初め本気で聞いていたが、やがて反射的に「ホントかな？」と言うようになった。それこそが朱門の教育の狙いだった。人の言うことをすぐ信じるような人間は危険だ、ということだ。

雑踏で妻を見つける最もわかりやすい法

曽野綾子

この頃、あなたは少し眼が悪くなってきたらしく、私が先に入ってマーケットで買い物をし、あなたが後から中に入ってきて、私を探すというような場合、私の方が必ずあなたを先に見つけます。それから数十秒経って、あなたが私を見つけるのです。

「どうしてそんなに遅いの？　こういう場合まず色で探すものよ。今日は黄色いセーターを着ていたと思えば黄色を見つければいいんだから」

と私が言うと、あなたは、

「僕は奥さんが何を着てたか覚えてたことがない。裸でないことは確かなんだけど」

裸の人がスーパーの中を歩いていたら、それこそよくわかりますよね。全く何をか言わんやです。私たち夫婦の服装感覚はその程度にめちゃめちゃなままでした。妻の顔を見る度に「今日の君は特別に綺麗だよ」と言う夫も世の中にはいくらでもいるというのに。

曽野綾子

今年の皇后陛下のお誕生日は何日だっけ？

朱門は、ほんとうにあきれたことを言う。

「今年の皇后陛下のお誕生日は、何日だっけ？」

私はぶっきらぼうに答える。

「お誕生日というものは、毎年変わらないものです」

「そう？　でもときどき休みの日にちは変わるだろ」

「惚けたんですか？　それとも、とぼけ？」

この頃、朱門の楽しみは、常識の攪乱《かくらん》にあるらしいから、何を言っているのか用心しなければならない。

「『と』という字は間ということだからな。『ぼける、と、とぼける』『惑う、と、戸惑う』どちらでもない中間」と自分で解説している。

なんて頭のいい人なんだろう

曽野綾子

うちに集まった素人たちが、時効ということについて素人の智恵を語り合っていた。

「殺人には時効があるけど、浮気にはないんだ」

と誰かが言った。うちの客たちはこういうばかばかしい話を本気で喋る人たちばかりだった。すると朱門が言った。

「だから、女房を殺してから、浮気をすればいいんですよ」

皆、法律的頭がないから、何だか変だとは思わず、三浦さんという人はなんて頭のいいことを言う人だろう、と思ったらしい。

＊

「交差点を曲がると、ラーメン屋と美容院があったんですけど、それは潰れて、今はもしかするとまだ空家のままか、新しい店が出ているかもしれません。でも間違いなく、警察署がありますから」

それを聞いていた朱門が言った。

「大したもんだね。警察署っていうのは、潰れないんだね」

確率を探る

曽野綾子

或る日、雑誌を見ながら呟いた。

「こんなにヌードになる人がいるのに、知り合いの人は一人もいないな」

ワルクチの速度が早くなった

曽野綾子

夫は昔から、すぐに先生に叱られるような言動をする人物だったらしいが、年を取るほどに、ワルクチを言う速度が早くなった。

押し売りの電話など、私は煩さがるが、夫は楽しみに出るのである。或る日、

「金《きん》がただいまのところ高騰しておりますので、おすすめしたいと思いましてお電話をさしあげました」

と相手は言った。

「高いんですか」

「はあ、ここ数年ないほど相場が動いて、高値をつけております」

「君に教えたいんだけどね、金でも何でも、儲けるには、安い時に買って、高い時には売るもんなんだけど。だから今は買うには一番悪い時でしょう」

「はあ、しかし……」

「だったら君が買って儲けるのが一番いいよ。ではさようなら」

これで一分間くらいは、人の電話代で楽しめるのである。

＊

この二月頃だったろうか、テレビは参詣者で賑わう湯島天神の光景を映し出した。菅原道真は学問の神さまだということになっているから、受験期になると学生やその親でごった返す。

境内の梅の木や塀には、奉納された絵馬がたくさん結びつけられている。多くは「××大学に受かりますように」という感じのものだ。

夫は感心したようにその絵馬の大映しを眺めていたが、やがて言った。

「僕も湯島天神へ行って、絵馬を奉納してこよう」

「何とお書きになるんですか？」

と秘書がおアイソで尋ねた。どうせろくなことはしまい、と薄々感じてはいるのである。

「僕だったら『ボク以外の人は皆落ちますように。そしたらボクが受かります』と書いてくる」

それはまあ一種の事実ではあるが、世の中には、そこまでほんとうのことを言ってはいけない、ということがある。その常識を、夫は守らないのである。だから今後湯島の境内に、こういう文句を書いた絵馬が張り付けられたら、それは夫が書いたと思われるにちがいないから、私は困るのだ。

意地悪ジイさん

曽野綾子

編集者だった私たちの知人が、出身地の田舎に私塾を開いた。定年後のささやかな計画で、そこで文化的刺激の少ない老若男女たちと読書会を開いている。

「塾生は何人いるの？」

と夫は尋ねた。

「五十人くらいですかね」

「でしょうな。それ以上いるとしたら、半分は猿だよ」

これは昔、自分が育った三多摩の田舎で言われたのと同じことを言い返しているのである。最近の研究では、類人猿は、実は大変に頭のいい動物だということがわかってきた。数字を一から十まで拾う動作など、人間よりずっと早いとテレビが教えてくれた。だとすると、猿というワルクチは少し変えた方がいいのに、と私は思う。

＊

外国人と日本人との大きな違いは、外国人は自分の妻のことを人前でも褒め、愛を隠さないのに対して、日本人は愚妻の荊妻《けいさい》のと卑下し、「もう古女房ですから」などと言うのである。日本人が「私の妻はほんとうに美しい女でございまして」などと言ったら、こちらは何と答えていいかわからなくなる。

私の夫など誰かからお世辞に、

「奥さんの子供の時のお写真を見ました。ほんとうにかわいいお子さんだったんですね」

と言われると、嬉しそうに、

「でも今は鬼ババアですよ」

と答えることにしている。すると大抵の相手がこれまた極めて嬉しそうに笑うか、

「うちも同じですよ」

と言うのだそうだ。こんなことは外国人の夫には決して許されない言動だろう。

＊

もう本当に毎日言いたい放題ですからね、秘書に「暑いからね、水着で通って来てもいいよ」なんて言ってます。「そういうの、この頃セクハラって言うんですけど」「あぁ、そう」。そういう会話ですよ。秘書たちももう慣れっこで、おじいさんが何言おうが知らん顔です。

この前、地震の警報がビーって鳴ったんです。秘書のと私の携帯電話が珍しく。なんでもなかったんですけどね。だから私はすぐＮＨＫつけたんですよ。普段はテレビ見ないんですけど。そしたらうちのおじいさんがやって来て、甲子園の子たちが走ってるのを「ほら、大地震だから逃げ惑ってる」って笑うんです。けっきょく誤報だったんですね。一日中、皮肉な、嬉しそうな顔して習慣的に人の悪口を言う。あれで幸せなんでしょうね、結構。

菓子屋の小僧が菓子に手を出すと……

三浦朱門

私は二二歳で日本大学藝術学部の講師になったんですが、最初に非常勤講師室に呼ばれたんですね。そこに待っていたのが、栗原一登《くりはらかずと》という人で、女優の栗原小巻《こまき》さんのお父さん。非常勤講師の部屋の牢名主《ろうなぬし》だったんです。

それで、こんなふうに言われた。「いいか。菓子屋の小僧ってのは、店の菓子には手を出さないもんだ。ここにはたくさんの女子学生がいるけれど、絶対に手を出してはいかん」と（笑）。「菓子がどうしても食いたくなったらどうしますか」と私が聞いたら、「そういうときは、よその菓子屋から万引きしてこい」。

でも栗原さんは、実は菓子屋の小僧で菓子に手を出してしまった人なんですね。劇団に入って、女優と一緒になってしまった。それで生まれたのが、栗原小巻さんなんですよ。

彼は言っていました。菓子屋の小僧が菓子に手を出したことが、間違いのもとだった。飯も食えないのに子どもが生まれて、困った困った困り切った、というので、小巻という名前をつけたんだそうで（笑）。おかげで私は、店の菓子には手を出さないで済んだんですよ（笑）。しっかり教訓を聞かされて。

フジモリさん、僕の一番いいセーター返して！

曽野綾子

結果的にフジモリさんは百五日の間、私の家の庭先にあるプレハブに居られ、実にストイックな生活をされました。私が歌舞伎か音楽会にいらっしゃいませんか、とお誘いしても、遊びの要素はまったくありませんでした。その間に何度か一緒に飲んであげたのが石原慎太郎さんでした。これは嬉しいことだったでしょうね。お金もあまりお持ちでないらしく、三浦朱門が持っていたセーターの一番きれいなのをお貸ししました。その鮮やかなブルーのセーターを着て、『タイムズ』だか『ニューズウィーク』だかの表紙にお出になったんですよ。そのセーターはついに返してもらえなかったと、朱門はいまだにぼやいています。

私たちに対する脅迫もありました。

夫の三浦朱門は外国の通信社から電話で、「指名手配されるような人間を隠していると国際刑事警察機構に捕まるぞ」と言われたらしいですが、「もう家中、警察官だらけですから、すぐにも捕まりますよ」と言ってやった、と言って笑っていました。

「やっとわかったぞ！　妻の殺し方」

曽野綾子

まだ結婚して間もなくのことでした。夫は大学の先生で、私は大学生でした。或る朝、同居人はがばと起き上ると、いきなり私に言ったのです。

「そうだ、やっとわかったぞ！」

何がわかったのか、と私は尋ねました。

「知壽子（私の本名）の殺し方だ！」

結婚以来、彼は閑《ひま》にあかせて、よくどうしたら、この女房をぜったいわからないように殺せるか、ということを考えていたのだというのです。そうしてその朝、目の覚めかけに突如として、完全犯罪のやり方が頭にひらめいたのだというのです。

私も探偵小説の愛読者でしたから、そんな名案がわかったのなら教えてほしいと言いました。もっとも、その頃、私はまだ、小説家ではありませんでした。同人雑誌に加わってはいましたが、小説で原稿料をもらったことは、小さなアルバイト仕事をのぞいては、なかったのです。ですから、トリックを自分の小説に使おうと思ったのでもないのですが。すると相手は、「教えない」と言いました。考えてみれば、当り前のことです。殺そうと思う相手に、殺しの手口など教えるということは、この世で夢をなくすことの一つかも知れません。

家出で心と身体を強くする

曽野綾子

私の夫は時々、ほんの数時間「家出」をする。気がついてみると家のどこにもいないのだ。秘書は「お二階でしょう」と言い、私は書斎にもいないから、トイレの中までさがす。しかし一時間や二時間で警察に捜索願いを出すわけにもいかないから、「困った人ねえ。散歩に行くなら、ちょっとそう言って出ればいいのに」などとぶつぶつ言っているうちに三時間ほどして帰って来る。

私は昭和十年に、親たちが当時「新開地」として売り出されていた田園調布に土地を買って移り住んだので、それ以来ずっと同じ場所に住んでいるのだが、夫は日によって、うちから渋谷や蒲田などまで歩いてしまうのである。よくわからないが線路の上を直線距離で歩くわけではないから、十キロ前後は歩いているのだろう。

「渋谷までの電車賃は百九十円だ。僕は百九十円倹約した」

つまり片道だけ歩いて、渋谷で本を買って帰って来た、というのである。それを聞くと若い友人たちはあざ笑い、

「それはちょっと計算悪いんじゃありませんか。ズボンの裾と靴底は、百九十円分以上、減ってると思いますけどね」

と言うが、夫は、

「僕の靴底はね、コンクリートの路面の方が減るくらい、丈夫な物質でできてるの」

と嬉しそうに反省の色もない。

眠り姫・親指姫・お化け姫を探して

曽野綾子

我が家は夫も妻も小説家だから、世間で見聞きしたことをやや無責任におもしろがる癖がある。

夫は最近の電車の中の女の子たちに、あだ名をつけた。「眠り姫・親指姫・お化け姫」というのである。

眠り姫は電車に乗るや否や眠りこけている娘である。つい先日も私はおもしろい眠り姫を見た。顔を膝の上に載せたカバンの上に伏せているので、毛の長い犬がうずくまっているようにしか見えない。どこが顔か頭か、スカートと抱えたカバンがなければ、類推することもできないのである。

これほど深い眠りの姿というのは、男の子にはあまり見たことがないような気がする。しかし人のことは言えないもので、私も隣の人の肩にもたれかかりそうになるほど、乗物の中で眠りこけた記憶が何度もある。さぞかし隣人は迷惑しただろう。（略）

夫の分類によると、第二番目の親指姫が、昨今一番多い。電車に乗るや否やケータイを取り出して、何やらキイを押している娘たちである。
私の家は東京の東横線という私鉄の沿線にあるが、電車のドアからドアまで、七人か八人がけの座席に座っている人たちの四、五人が一斉に「親指姫してる」のを見ると、正直なところうんざりする。そしてはっきり言うと、私は若い時から、彼らほど時間を無駄にしては来なかったなあ、と思うのである。（略）
お化け姫は、電車の中で化粧する女である。こういうしつけの悪い行動をする人は、昔は皆無だった。着替えや化粧をする現場は、他人には見えない場所でするのが普通の感覚であった。それはまともな美学とも関係がある。ほんとうはお化粧をしているのだが、実は素顔も同じくらいきれいだと思わせるのが美女の条件である。

これじゃあ、波風も立たない

曽野綾子

いつか、ＪＯＭＡＳにいつも寄付してくださる大学の教授が「送られて来る決算報告書を見ていたら、必要経費の項目も会の会費もない。たぶん、あなたが個人的に出してると思うから、十万円送ります。これは寄付ではない。あなたが個人的に使うお金です」という手紙をつけて来て、お金をくださったの。

それでその日、朱門に「今日、私、男の人からお金もらっちゃった」と言ったの。そしたら朱門が「誰から？」とも聞かずに「僕に半分くれ」って言うのよ。外であったことの話をしても反応がおかしいから、うちじゃ波風にならない。

不用心に喋れる相手がいる幸せ

曽野綾子

私の場合、夫だけがくだらないことを、とりとめなく不用心に喋ることのできる相手であった。息子には、私の愚かさや浅はかさの相手をさせて時間を浪費させたくない。しかし配偶者ならいい、という感じであった。その点でだけ、配偶者がいないということはちょっと気の毒なような気はする。

「好きな男と、好きな女に貢ぐんです」

曽野綾子

珍しく銀行で、少し大きな額のお金を下ろした。（略）するると果たして、銀行の美人のお嬢さんが「このお金は、何にご使用ですか？」と聞く。そうれ来た。余計なお世話だ。第一、人の生活に踏み込んで、金の使い道を聞くなんて失礼だ、と私ならず、こういう銀行の態度を不愉快に思っている人は周囲に多い。でも最近私は、不愉快なことを楽しくすることも、一種の「お金のかからない娯楽」と思うことにしているから、かねて考えている通りに答えることにした。

「ええ、好きな男にやることにしたんです。あなたもそうよね。好きな女の人にあげるのよね」

と私は夫の顔を覗《のぞ》き込んだ。家の修理代など、大体同額を出すことにしているから同行したのである。すると普段はボケているとしか思えない夫が、こういう時だけは奇妙に機敏に話を合わせて「そう」と頷《うなず》くのである。

女にもてなくなったら蚊にも刺されなくなった

曽野綾子

珍しく朱門が庭のトマトを採ってきてくれるという。

「蚊に刺されないように気をつけてね」

と私はお愛想に言った。

「大丈夫さ。女にもてなくなってから、蚊にも刺されなくなった……」

＊

ワルクチの言い放題をしながら、朱門は決して誰かに本気で悪意を持たなかった。死後思い出そうとしても、朱門に深く嫌われていた人を私は思い出せない。小出しにワルクチを言うことが、彼の誠実のあり方だったのかもしれない。

第二章

とらわれない心

朱門の「寛大さ」のルーツ

曽野綾子

昔、同人雑誌の仲間であった三浦朱門と結婚した時、同人のほとんどすべてが「あの男とだけは結婚するな」と言い、ほかにも「あの結婚は続かないだろう」と言う人が一人や二人ではなかったらしい。

続かないものなら、続かないでいいのだ、と私は思っていた。そんなことを言うと離婚を厳禁するカトリック教会には叱られそうだが、仲の悪い夫婦の娘として育った私には、同じ人生の価値を共有できず、従って心の繋がりを持てない夫婦は、別れる方がもっとも自然に憎しみから逃れられる方法だということもわかっていたからである。

しかし私たちは、長く続いた。最初から理想の夫婦ではなかったからだろう。私たちは二〇一六年で結婚して六十三年目になる。

その理由は、何より朱門が寛大な人だったからであろう。朱門の育った家は戦前から、自由で、女性が働くことに心理的な抵抗はなかった。だから私は自由に書くことを続けられた。取材にも自由に行けた。

とらわれずに生きた

曽野綾子

若い頃初めて出逢った時、三浦朱門という人は、やや変わっている人物に見えました。戦後間もなくで服装にもあまり趣味など活かせなかった時代ですが、ハチミツ色の背広を着て不良っぽい感じでした。しかもやや赤毛で眼の色が茶色で、どことなく真面目な人間とは見えなかったのです。それというのも、ファッションモデルさんたちとお友達になりたいばっかりに、年上のファッション雑誌の女性編集者のところにせっせと通い、その職場からつまみ出されないために、外国の雑誌の翻訳などもさせてもらっていたというのですから、ナンパ青年と見なされるのもいたしかたなかったのでしょう。

朱門は、イギリスやアメリカの作品をたくさん読んでいましたから、服装の約束事についても、日本人としては珍しいほど知っていました。しかし後に、自分の奥さんになった私にそれを教えてくれるという親切心は、全くありませんでした。

ナマの感情をぶつけられる唯一の存在

三浦朱門

人には内面《うちづら》と外面《そとづら》がある。外に対してはユーモアで対処しても、身近な人には、ナマの感情をぶつけることもあるだろう。人は感情の動物だ。

曽野綾子だって、私に対しては、罵詈雑言《ばりぞうごん》の限りをつくしても、他人にはそんなことはない。老人になると、ナマの感情をぶつけることが許されるのは、やはり配偶者なのである。その意味で配偶者は貴重である。とにかく五十年も暮らしていると、裏も表も見えている。親だって、自分たちの素顔を子供に見せることはない。また誰だって、我が子にはよい人間であろうとする。

逆説的に言えば、配偶者につらく当たることができるから、それ以外の人には、面白い老人でいられるのである。

幸い、配偶者にボケたの、バカだの、気がきかないと罵《ののし》られても、あまり腹が立たないのは、相手が感情のやり場として、配偶者しかいない、とわかっているからである。配偶者が自分を罵るのは、彼女が自分でうまくやれないから、苛立《いらだ》っているためである。

つまりボケたの、グズだのということは、それは無意識のうちに、自分の現状を嘆いているのだと考えてもよい。

だから本当は、私は若い時の曽野の写真など見る必要などないのだ。私は現在の彼女で結構、満足なのだ。しかし私が先に死ぬと、彼女はナマの感情をぶつける相手がいなくなって、それが可哀想である。できることなら、私は彼女の死に水を取ってやりたい。それが老いた私の彼女への愛情というもので、そのためにも、私は彼女が死ぬまで健康でいたいと願っている。

人生はすべて、その人の心がけ次第

三浦朱門

人生にはもっと大切なことがあるのに、今の自分はつまらないことをしている、と感じている人は多いことと思う。そういう人に限って、大切なことをさがし歩いて、現在目の前にある仕事やつとめをおろそかにする傾向がある。

人生に於て大切なこと、またどうでもよいこと、といった区別は最初からあるのではない。人生に対する態度が、そういう価値の差を作ってゆくのである。ある人にとって、ピアノをひくことは、遊びでしかないが、別の人にとっては、それは一生を捧げて悔いない仕事なのである。

やり甲斐のある仕事、などというありもしない物をさがすのはやめよう。仕事や勉強、ひいては、その人の人生そのものでも、意味ある物にするのも、下らなくするのも、全くその人の心がけ次第である。

「ネコ」という名の犬

三浦 あの動物を犬と言い、この動物を猫と言うというのも、やはり強制なんですね。みんなが好き勝手に呼び始めたら、日本社会そのものが成立しない。社会は強制によって成り立っているんですよ。

曽野 たぶん遠藤周作さんは、うんと個性的な方だったから、子供のころ、犬を犬と呼ばせられるのに抵抗があったんでしょうね。晩年、飼ってらした犬に「ネコ」という名前をつけていらしたんでしたっけ（笑）。

三浦　「ネコ！　ネコ！」と呼んで、犬が出てくるからおもしろい。「おれのアルファロメオに乗せてやる」と言って、オンボロの国産車を運転してくるからおもしろい。アルファロメオという名前をつけたんだって（笑）。

子供に親の価値観を押しつける

三浦朱門

自分の娘が「援助交際」などという名の売春をしても、「そんなことをしてはいけない」と教え諭すことすらできないのは、家庭の教育力が無くなってしまった証拠です。昔の家庭はそうではなかった。

たとえば職人の子は学問は要らないと言って、どんなにできる子供でも、義務教育以上の学校にやってもらえないことが多かった。そうした中で、やはり学問をしたい、という強い意志と資質のある子供が、親の命令に背くかたちで、上の学校へ進んだんです。そうすると、職人のおやじは、口では文句を言いながらも、内心ではそういう息子を誇りに思って、経済的な援助をしたりする。それが親の情というものです。だから、学問をして親と違う世界に進んだ子供は親をないがしろにしませんでした。

また、その子供が学問をしようなどという「邪心」を抱かなければ、父親の跡を継いで職人になり、それはそれで社会の重要な一員になって、自分の職業と家庭に誇りと自信を持つ人間になる。いずれにしても、子供が進む道は、本人が苦悩の末に決めるのであって、親は子供を鍛える意味でも、自分の価値観を押しつけるほうがいいんです。

〝悪いこと〟には意味がある

三浦朱門

僕は十代の頃は悪い少年であったわけだけども、その時、僕を善導しようとする先生ぐらい困った先生はいなかった。こちらだってそれなりの思いがあって悪いことをしているのに、こんな先生の言うことに従って安直にいい少年になってたまるか、という気持ちがあったね。

先生の倫理観・常識と、こちらのとは違う。ある年になればこちらにもその程度の自我がある。

だから対立するならよい。ネコなで声で近よってくる教師にはゾッとした。

昔はちゃぶ台によって育まれた

三浦朱門

僕は、親子や夫婦、兄弟で殺し合うというような風潮になったのは、家庭にちゃぶ台がなくなったからではなかろうかと思う。昔は、ちゃぶ台を囲んで、大きな皿に盛られた惣菜を親子兄弟みんなで分け合って、おやじは二日酔いで「おれはあんまり食わん」とか、「兄貴の取った肉のほうが大きい」とか言いながら食べたものです。

遠藤周作は、よくこぼしていた。正月、お節料理に栗きんとんが入っていると、兄貴がパッパッパッと栗に唾《つば》をつけちゃう（笑）。そうすると自分は食べられないから、来年は、先に唾をつけようと思う、って。そういうふうに、競争というか生き抜く知恵とか、あるいは残り物を分け合う労《いたわ》りとかを教えられて、基本的な人間関係というものを身につけていった。一家そろって食事をするということを通じて、親子や兄弟の愛が育まれてくるんですね。最近のように家族バラバラの食事では、心の交流はうまくいきません。

のっぺらぼうな日本の社会

三浦朱門

僕は、この八十数年の間の一番大きな違いというのは、テレビというものが家庭の中に入ってきたことだという気がします。みんなが同じニュース解説者の同じ言葉を聞く。そうすると、みんながそれを正しいと思い込むというか、共通の価値観になってしまう。そうしたら、「世間はどうあろうとも、うちはこうなんだ」と言える親が少なくなってくる。

そこに何か団地の家の構造が同じであるのと同じようなつまらなさが出てくる。ほんとうは、団地は同じ構造の間取りでも、一軒一軒を見ると違うんですけれども、違いを積極的に肯定しなくなった。これがやはり今の、のっぺらぼうな日本の社会の理由かなと思います。

勇気とは

世の中には、他人のことは、どんなに悪く考えることができても、自分を同じくらいきびしく裁ける人は、案外にすくないものである。

三浦朱門

＊

本当に人間的な生き方をしたければ、社会の流行にそむくだけの勇気を持たねばならない。いつの時代、どの社会でもそうだった。人類の歴史には、人間の誇りを、死をもって守りぬいた偉大な人々の物語がいくらでも見出されるはずである。

三浦朱門

幸福は自分で発明しなきゃいけない

幸福は、他人が与えてくれるものではない。国が与えてくれるものでもない。自分で発明しなきゃいけないんです。

僕の九十年近い生涯は、誰の人生とも同じように、波風にもまれたものでした。ただ、その中で輝く星、この本でふれたことでいえば、「サムシング・グレート」を見つけたことで、自分の位置がわかった。それが僕の幸福の根源です。

人生の迷いと青春の彷徨《ほうこう》

三浦　今の日本のような高度に発達した社会では、たいていの人は三十歳ぐらいまで能無しなんですね。社会に対して、あるいは自分が月給をもらっている組織に対して、その人が生きていけるだけの十分な働きができないのが普通だと思います。自分を顧みても、そういう気がする。僕は大学を卒業後、日大で一応、教師をしていましたが、三十ぐらいになって、創作か学問かに迷ってから、ようやく人に教えることができるようになったかなという状態でした。

つまり、三十歳前後までは修業期間。いろいろさまよい歩きながら、自分は社会の中でどういうふうな分野で生きていけるかを確認して、そのための技能を身につける。そして半人前になり、〇・七人前になり、〇・八人前になり、どうにか一人前になるのが三十歳だと思ったほうがいい。

そういう過程を経ないで、しゃかりきになって受験勉強をして、いわゆる難しい大学に入って卒業して、世間的にいいといわれるところに就職して万歳、という人にろくなことができるわけはないって気がするんですね。やはり、これが自分の生きがいだというようなものを見つけるまで、人生に迷い煩悶《はんもん》し、青春をさまよい歩く。青春の彷徨とでも言いますか、そういった時代こそが人間の心の成長に絶対に必要だと思います。その大事な時間をみんな、くだらないことでつぶし合っている、という気がしますね。

曽野　そして自分の人生が思うようにいかなくなると、親が悪いとか、社会が自分を裏切ったから自分は駄目になった、などと言うけれど、それは口実にすぎない。さっきも話したように、自分の教育に責任があるのは、まず自分自身であり、最終的にも自分なんですね。

尊敬されつつ、笑いのタネを提供する

三浦朱門

「あのねえ、電車の中で、お化粧を一生懸命にしてる娘がいるだろう。あれで美人になれると思っているのかね」

という課長は四十歳なのに、頭頂部が薄くなっており、額の前線が後退しはじめている。それを気にして、養毛剤をいろいろと使っているのは周知の事実だし、トイレに立った時に、手洗いのついでに、櫛《くし》で髪を整えているのを、ＯＬたちは密《ひそ》かに笑っている。

それだから、課長の電車の中で化粧する娘に対する批判に対して、部下たちは心から笑えるのだ。また課長は、その笑いの大きさに、

「待てよ、オレの髪の毛を笑っているのかもしれない」

と気がつけば、それも笑いの効用である。

とにかくエラクなればなるほど、笑いのタネになることも人気の一種だし、地位にふさわしい仕事をしていれば、その笑いは好意にこそなれ、悪意になることはない。むしろ尊敬されつつ、笑いのタネを提供する人が、有能なそして愛されるエライ人なのだ。

油断なく生きる

三浦朱門

僕は、現在を少しでも柔軟で積極的な精神状態で生きることが大事だと思う。それが今の生活を活気と刺激に富んだものにするだけでなく、結果的には、体力の低下を補ってあまりある、生産的な精神を持った老人になれる秘訣ではないかという気がする。要するに、若いときから現在を油断なく生きることが第一で、それが老いた段階での能力の低下を防ぐ結果になるように思うんですね。

たとえば、家事は妻にまかせっきり、という男がいれば、彼は日常生活では確実に無能になる。

それは中年では粗大ゴミと言われる程度ですむけれど、老人になったら、生活のほとんどすべてを自分ひとりですることができず、他人の世話になるしかないと覚悟すべきですね。それがいやなら、男は職場で仕事をして金さえかせいでいればいいなんて思い上がりはさっさと捨てて、家事もやってみることだと思います。

今までやったこともない新しいことをやることで、思いがけないことを発見したり、人生観や仕事観に影響を及ぼすようなことに出くわすことだってあるかもしれない。

男の沽券《こけん》にかかわるなどと、自分の行動と関心の範囲を狭めてしまうことが、老化の始まりで、無関心の分野は初めは小さくとも、やがてどんどん大きくなって、ついには寝て食うだけの老人になってしまいます。

青春で素晴らしいのは肉体だけ

三浦朱門

今の年になって思うと、青春で素晴らしいのは、肉体だけだということですね。若い時は、私はスポーツ好きじゃなかったけれども、戦時下に育ったからいろんな形で運動をさせられた。私は四十代の終わり頃から、もう一度スポーツをしはじめて、昔、千メートルをクロールで泳ぐのは何ともなかったのに、四百で息が切れてしまう。だんだん苦労して千メートル泳げるようになる。

そして、はじめは八百メートルからやったジョギングを十キロ走るようになる。だけど、十キロのジョギングをしていると、十八歳の私が、本当に軽々とした関節のスプリングだけで息も切らさずに私を追い抜いていく幻を見るんです。そのジョギングを六十六歳の誕生日に僕はやめたんです。友だちの医者から「お前、いい加減にやめろ、それは年寄りの冷水《ひやみず》だ」と言われて。それなら六十六の誕生日にキリがいいからやめようと思ってやめたんですけど、その時に、私がフーフーハーハー、一時間以上かかって十キロ走ってる時に、やはり五十歳の私が汗まみれになりながらドタドタと私を追い越していく幻を見たんです。

だから、青春というものが、老人にとって羨ましいことがあるとするならば、肉体だけは羨ましい。あとは僕は別に青春が羨ましくない。しかし、肉体は羨ましいとは言いながら、それだけに迷いが多く、そして肉体の持っている摩擦熱が大きくて、決して毎日が楽ではなかったと思いますね。

目と歯と、まあ足が丈夫だったらいい

三浦朱門

私は、ジジイとして言うと、すべての男の老人は、美しく魅力的な女性を見ることが

できるように、なるべく白内障にならないようにしたほうがいい。なったら放置せず、手術したほうがいい。それから、おいしいものをそのまま食べるために、なるべく自分の歯を保存しておいたほうがいい。あとはどうでもいいね。強いて言うと、いろんなところに行くために足が丈夫だったらもっといい。

人間にしかできない喜び

三浦朱門

下半身が動かなくなった青年の所にカトリックの修道者がやって来て、「君、素晴らしいじゃないか、頭と手が動く、頭によって手を動かすというのは人間にしかできないことなんだよ。人間にしかできないことが全部できるじゃないか」と言った。これを聞いてハッとした、そうだったんだと。彼は今でも明るくおしゃべりな男ですよ。

平均的な幸福を求めるより好きなことに打ち込め

三浦朱門

戦争ですべて失ったのに、日本人はすぐに忘れてしまうんですよ。そして結局、同じようなことを考えるようになる。子どもが生まれると、いい大学にやって、いい就職口があればいい、と。ワンパターンなんですね。本当にいい大学に行く意味があるのか。いわゆる、いい就職をすることに意味があるのか。そういうことを考えないでしょう。学校に行くのは嫌いだけれど、絵を描くのは好きだとか、写真を撮るのは好きだとか、自分はこの道に行きたい、という思いを許さない。

日本藝術院会員というのは定員一二〇くらいで実際は百数名なんですが、その人たちを見ると、絵描きにせよ、音楽家にせよ、文士にせよ、三分の一から半分は、いわゆる正規の専門的な教育を受けていない人ですね。そういう人たちが芸術的な業績を積んで、その方面で日本を代表する人間になっているんです。

だから、一芸に秀《ひい》でるためには、学校なんかに行くんじゃなくて、まず自分は何が好きか、あるいは自分が何に向いているかということを考えたほうがいい。その上で、学校が面白かろうと、くだらなかろうと、学校で停学になろうと何しようと、のびのびと自分らしく生きたらいい。

平等である、というスタートラインはいいんです。そこから先に、自分はこうやって生きて行くという道が見えていないのが、今の日本の困るところでしょう。

結婚とは共通なものの中に違いを認めること

三浦朱門

男と女が一緒に暮らすようになると、違う部分というのが非常に新鮮で珍しくて、それを肯定的に受け止められたなら、とても面白いわけですね。そして一方で、共通のものをどんどん作って、広げていく。これが結婚生活だと私は思うんです。

でも年をとってくると、男と女は、それぞれの資質や生活によって、新たに違うものが出てくる。例えば、身体の弱み。女の人で多いのは、腰痛とか、膝《ひざ》が痛いとか。男では糖尿とか、血圧が高いとか。ある時期からは、またどうしても一人ひとり違うものが出てくるんです。

食べるものは、その典型ですね。夫婦で同じものを食べていると、夫にはいいけど妻には悪い、あるいは、夫には悪いけど妻にはいい、というようなものが出てくる。食べ物に限らず、生活習慣にしても、態度にしてもそうなるんですよ。

どういうものを食べるか。どういう行動をするか。どういう世界の人たちとつきあうか。それも分かれていく。

そうなったときに、気が短い人は、「もう、こんなのと一緒に暮らせない。離婚だ」ということになりかねないんですが、このくらいのことで離婚していたら、何回結婚したって同じことです。

結婚生活というのは、共通のものを育てていくために大変な時間とエネルギーを要するわけです。

そして、共通のものがあるからこそ、違いがあるわけですね。まったくゼロから始めるとなったら、それはもう大変ですよ。

子供に人生のレールを敷けるのはせいぜい十メートル

三浦朱門

どんなことにせよ、強制されたものの中で子供は自分なりの対応の仕方を見つけていきます。できる子も、できない子も、丈夫な子も、弱い子も、意地悪な子も、お人好しの子も、そうするうちに自分の個性を発見する。だから、いろいろなものを無理やり押しつけるというのが、その子の個性を伸ばしていく最大の道筋だと僕は思います。

＊

思いどおりの方向に行かせようとする、レールを敷こうとすることが人間の浅知恵、愚かさなんだ。レールの上を走ろう、間違いない線路を見つけようという人がとても多い。親が子どもに期待する場合も多いですね。その場合、親としては子どもに、限りあるものだけれどもキャタピラーを、それさえあればどこへでも走れる可能性を与えることが重要なんだね。ただ、レールを敷くためには何千キロも敷かなきゃいけない。キャタピラーの場合はせいぜい十メートルか十五メートル。与えられるのは、それが限界だという気がしますね。

最大の危機はこの人と結婚したこと！

三浦　私の人生で危機というのがあったとしたら、戦争末期、学徒動員で兵隊に取られたときですね。当時、九十九里浜から二〇〜三〇キロ奥にいましたが、米軍が相模湾に上がるとは思わなかったんです。あのときは、「オレは死ぬかな」と思いました。

危機といえば、私の生涯はそれだけで、あとは何かを一生懸命やろうと思ったこともないから。最大の危機といえば、この人と結婚したことかな（笑）。

曽野　そうです。危機は続いている。いいタイトルじゃない、「危機は続いている」（笑）。

第三章

百科事典ミウラニカ

女の頼みは受け入れないと後がおっかない

曽野綾子

三浦朱門はどんなに暗い場合でも冗談を言う人なんですが後で、「知寿子（本名）の眼がこんなによく治ったのは友達が祈ってくれたおかげだよ。誰だって女の頼みを受け入れないと後がおっかないからな。ことにシスターに祈られてみろよ、それを聞き入れなかったらイエスさまだっておっかないと思うよ」

シスターたちはキリストの花嫁と言われているんですから、これは本当かもしれませんね。とにかく劇的な視力の出方でした。

一度、ダルマを飲んだらトリスは飲めん

三浦朱門

人間は、貧困とか苦痛には割と耐えるんですね。しかし、快楽とか富貴には弱い。ですから、自分のもっている優越感に弱い。権力、富貴、優越感、そういうものに対して弱いというか、堕落しやすい。これは出典をどうしても思い出せないんですけど「富

貴も淫する能わず。貧賤も移す能わず、威武も屈する能わず。これをこれ大丈夫という」言葉がある。つまり、富貴によっても人格がとろけない、これが本当にたよりになる人間だと。結婚は別に富貴じゃないんですけど、ある意味で、二人だけの世界で安易でイージーになれる場なんですね。それによって品格が堕落する場合が多いというのは正しいことなのです。ウィスキーのことですけど一度ダルマを飲んだらトリスは飲めん、という形の話が成り立つわけです。

❦ 人間は矛盾があるから生きていける

人は物と違って、時々刻々と変わり、矛盾の多い存在である。

三浦朱門

❦ 日本国憲法は原文を正しく理解しないと危うい

日本の憲法をいま日本語で教えているでしょう。あれは間違いなんです。原文は英語

三浦朱門

なんですから、英語で教えなきゃいけない。だから、ザインとゾレンというのは、簡単にいうと「言論の自由はこれを保障する」、つまり「フリーダム　オブ　スピーチ　イズ　ギャランティード」と受け身で書かれている。だから、この国にいて文化的な生活ができることもおそらく受け身になってるはずなんですよ。権利憲章のほとんどは受け身なんです。受け身っていうのは何かっていうと、政府が保障してくれるのでもなければ、雇い主が保障してくれるのでもない。主語、保障してくれる主体がない。つまり、そうされるべき筋合いだという理想、ゾレンを述べているわけです。

その点、日本語の憲法で「言論の自由はこれを保障する」というと、政府が保障するんだと思って、でも、保障されてないじゃないか、これは政府の怠慢だという。これは間違いであって、政府も国民も一体になってそれを守っていくことをたてまえとするということなんですね。だから、憲法を日本語で教えるのは、基本的な間違いなんです。前文なんて、日本語で読むと、間違いとはいえないけれども、騙されやすい文章はいっぱいあるんですね。

生涯かけて学ぶことは「死ぬ」ことである

三浦朱門

人生の意味・生きることの意味というのは、死をどう見るか、あるいは死に対する見方をどう成長・発展させていくか、ということだろうな。もちろん、死について、という一般的な原則論はないわけだけれども、このごろの子どもにとって気の毒だと思うのは、親と一緒に暮らすだけで、祖父母と一緒に暮らさない。だから、祖父母の死というものをみるチャンスがなかなかないことですよね。

子どもの頃は祖父母は元気で、幼稚園へ連れて行ってくれたり、あるいは休みの日に動物園に行ってお菓子を買ってくれたり、アイスクリームを食べさせてもらって、お母さんには内緒だよ、なんて言うおばあさんがいる。それがだんだん駄目になって死んでいく。それは言葉ではなくて、体験として死を教えることなんですね。それをもとにして、死について読んだり考えたり、そして自分の子どもを育てるようになり、自分もやがて死を前にする。そういう経験というのがとても重要だと思う。

＊

「生涯をかけて学ぶべきは死ぬことである」。その死について、たとえばお盆でもいい、キリスト教ならキリスト教でもいい、何でもいいんですけれども、生涯をかけて学ぶべき死というものを、いま公立学校では教えることができない。社会もあえてそれを無視している。死ぬということは、必ず人災だということにしてしまう。人災がなければ人は死なないか、というと、たとえ人の過ちがなくても、みんな必ず死ぬんですよね。それを社会は無視しようとしている。家庭も教えない、学校も教えない、それではどういう生き方をしていいかわからない子どもばっかりが増えていく。これはやはり、戦後の日本の社会と家庭と学校の最大のマイナスだと思いますね。

人生が圧縮された「皺」で若者に向き合う

三浦朱門

はじめにもどって言うと、顔の皺を含めた人生の皺というものは、老人にとって重要なものなのである。そこのその人の人生が圧縮されている。

だからといって、皺は美しいとは言えないことが哀しいところだ。醜いと言ってよい。

それだから、老人としては、その醜い皺で若い人にくつろぎを与える結果になりやすい。「あの皺だらけのジイサン（バアサン）面白いところがあるじゃないか」と思われるように行動する以外に、若い人とともに、社会生活、家庭生活を営んでゆくことはできないのではないだろうか。

モンスターペアレント

三浦朱門

最近、驚いたのは、「高校の学費を納めていない生徒には卒業証書を渡さない」という話が新聞ダネになっていたこと。子供を教育してもらうことに対するささやかなお礼の気持ちが、おそらく学費を納める動機づけになっていたはずです。それすらもなくなって、学費を払わない。にもかかわらず、モンスターペアレントたちは「卒業試験に受かったのだから卒業証書を出せ」と文句を言う。

しかも、教育委員会は学校側に、授業料未納を理由に卒業証書を渡さない措置を見送るよう通知したという。マスコミの中には「生徒の責任ではない。学費未納者に卒業証書を出さないでいいのか」というような論調になっているのもある。こういったことが、負い目をなくしてしまった日本社会を示しているような気がしますね。

意欲と好奇心があればなんとかなる

三浦　長年、女房のまずい味噌汁に我慢してきたけれど、よし、自分でつくってみるかと思ってキッチンに立つ。しかし、うまくいかない。では、もう一回やってみよう。それを繰り返すうちに、うまい味噌汁をつくれるようになるかもしれない。だから、駄目な日本の男も、定年をきっかけによくなる可能性もあります。

いずれにしても、意欲と好奇心とがあれば、なんとかなるものです。多くの失敗もまた楽しいし。それに、いたるところにお手本と先生が溢《あふ》れている。「ご飯を炊くときの水加減を教えてください」と言って、嘘を教えるほどの人は日本の女性にはまずいないと思うから。

曽野　いたら、ちょっとおもしろいわね。私、そういう意地悪ばあさんになりたいの。めっちゃめちゃ教えて、それで「今ごろ、ご飯ではなくてお粥《かゆ》を食べてるに違いない」と思ったら楽しくて、一日笑いが止まらないでしょ（笑）。

三浦　これからは他人に教えてもらっても、鵜《う》呑《の》みにしないように気をつけることにしよう（笑）。

もう誰かと競争する必要もないんです

三浦朱門

第二の人生を生きるときに大事なのは、「第一の人生」をいつまでも引きずらないことですね。第一の人生というのは、わかりやすくいえば、会社勤めであり、仕事や地位のこと。でも、それは定年とともに、すべてがいったんゼロになるんです。

子育てだってそうです。六〇歳、七〇歳になれば、子どもたちは三〇代、四〇代。気に掛けるのはかまいませんが、何かあっても、正直、年寄りに何かができるわけではない。そのくらい、割り切ったほうがいい。

老人になることのメリットは、今の自分の状態に合わせて生きればいい、ということですね。誰かと競争する必要もないんです。年齢だって、基準にしないほうがいい。体力などは年をとるほど、より個人差が大きくなります。七〇歳だから、八〇歳だからと考えても、あまり意味がない。

家族、夫婦のしがらみがあるから成長できる

三浦朱門

夫婦というのは本来、家庭のしがらみを除いたら存在しないんです。親がいたり、子どもがいたり、社会があったり。やっかいなしがらみが実は重要なんです。

これは一種の鏡、あるいはフィルターなんですね。夫婦というものを直視することは、たとえていうと太陽を見るようなもので、直接見ようとしても、まぶしいだけで何も見えない。太陽の光を受けている、森や家やさまざまなものを見るときに、太陽の性格がわかる。そのことを思うと、人間というのは成長して、結婚でも同棲でもいいんですが、異性と一緒に暮らして初めて、他の人間というもの、他の性というものを知る。そして

子どもを産んで育てていくうちに、初めて親というものを知るんだと思うんですね。やはり人間は、大人になって異性と共に暮らして、そして子どもを産み、親を眺めるという経験をしない限り、本当の人生の広がりはないんじゃないか。

三浦朱門

＊

「冬来たりなば春遠からじ」というよりも、春の美しさというのは、冬があってこそはじめて春になる。春の土台にはやはり冬がある。冬になって春を願うのではなく、春の中に暗く冷たい冬がすぐ前まであったことを忘れてはいけない。そのとき人間は幸せになる。冬を忘れた人はもはや幸せじゃない。

三浦朱門

あたかも誰でも何にでもなれるようなことなどありえない

しかも、戦後の教育の中で、子供は無限の可能性を持っているというかたちで子供たちをおだてるんですね。

無限の可能性を持っているということは、一人一人について言えることであり、集団としても言えるわけです。つまり、五千万人の子供の中から一人のノーベル賞クラスの学者が出てくるとか、大芸術家が出てくるという可能性もある。と同時に、大変な犯罪者が出てくる可能性もあるということです。個人として見た場合、すべての子がノーベル賞や大芸術家を狙えるかというと、そんなことはない。無限の可能性があるというのは別の言い方をすると、将来どうなるかわからないということなんですね。それを、戦後教育は、あたかも誰でも何にでもなれるようなイメージを子供たちに与えてきた。

さらに、無限の可能性を持っているなら、いろんなバラエティーが出てきそうなものなのに、学校教育には一種の平等主義があって、百メートル走で一等、二等、三等と差別するのはよくないから、みんな一緒にゴールしようとか、一等を表彰するのはやめようとか、妙なことをやりだした。それでも野球のうまい子はその能力を活かして、「オウ、長島、金だ、拾おうか」(王、長嶋、金田、広岡)といったスターが出てくる。

いじめられることを誇りに思っていい

三浦朱門

いじめられるってことは、誇りに思っていい。例えば、今日本は、国土についてロシアからも韓国からも中国からもいじめられているわけ。これは、日本がどんなに素晴らしいかを知っているから、周りの者がやきもちを焼いているってことでもあるわけだ。

初めから他人を当てにしないから不満もない

曽野綾子

夫に言わせると、夫婦ばかりでなく、一般に他人に対して厳しい人というのは、他人が自分と同じようにすることを期待しているからだという。ところが夫はしょっていて、自分と同じようにできる人間などいるわけがないから、他人が自分の望むようにしてくれるわけがない、それなら最初から、あらゆることを自分一人でしようと思うことにしたのだという。他人（女房も含む）に頼むことは頼んでみるが、やってくれなくても、もともとほとんど当てにしていなかったのだから怒る気にもならないのだそうだ。

三浦朱門

私たちが悪いのか、世の中が悪いのか知らない。しかしとにかく、私たちは他人の無条件の善意というものを、信じられなくなっている。ありとあらゆる悪い予想をしてからでないと、美しくよい行いを考えにくいのだ。いやその時でも、半信半疑で「ひょっとしたら、これが親切というのかもしれないな」と、なかなかにえきらない。人の善意に限らず、すなおに受け入れればなんでもないことを、私たちは利口ぶって、あれこれと考えたあげく、かえって問題の本質を、とりちがえていることが多そうである。

＊

この瞬間を充実させる

三浦朱門

十年、二十年先のことを考えて、そのための用意をすることは、決して雄大な計画と言うことはできない。十年先のことを考えているつもりで、今日のことを忘れていたら、それは暇つぶしというものである。

チルチルとミチルは青い鳥をさがしに、あちらこちらさまよったが、結局、青い鳥は自分の家にいたのである。それと同じように、遠くを見つめるということは、決して、二十年先を見ようとすることではなく、今この瞬間をじっと見つめ、一瞬、一瞬を充実させようとすることではないだろうか。

三浦朱門

＊

イギリスの作家のオルダス・ハックスリーは、「屋根から落ちた時のおそろしさを、人はいつまでも覚えているが、その時の痛みはすぐ消えてしまう」と言っている。全く肉体の苦痛というものは、傷がなおると同時に消えてしまうのに、心の傷はなおることがない。なおったと思っても、突如、パックリと口をあけて、はじめの時と同じように、真赤な血をほとばしらせるのだ。しかしその血はすてても惜しくない悪い血にちがいない。何故なら、私はワッと叫んだ後では、すがすがしい気持になって、二度と同じ過ちはくりかえすまいと思うからである。

人間の存在や営みなど、何ほどのものなのでしょう

三浦朱門

砂漠で寝袋だけで寝たこともあるけれど、それだと、目の前に星しかない。そうすると、やはり、人間というものの小ささを感じますね。

砂漠では、トイレも木の陰でするわけにいかない。すべて見通しですよ。女性たちも百メートルくらい離れたところで用を足している。

そのとき、感じたんですけれど、女性がお手洗いするのを二メートル手前で見ると、大変ショッキングですよ。

性的にも動揺したりする（笑）。しかし百メートルも離れると、その行為の意味がゼロになる。

ましてや、何百万光年なんて星から見ると、人間の存在や営みなど、何ほどのものかってことになっちゃう。

ネコの知能には驚いた

三浦朱門

二十二歳まで生きたネコを飼ったことがある。このネコがこんなに長生きをしたのは、私がいじめたおかげだ、と家の者に言っているのだが、あまり賛同は得ていないようだ。とにかく、その日の朝、ネコを見かけると、背中に足をのせて、踏みつぶすぞ、といった態度を見せてやる。しまいには、朝、私を見ると、無条件降伏をします、というかのように、仰向《あおむ》けに寝て、腹を私にさらし、四本の脚を広げて、恭順の意を見せた。

このネコはどういうわけか、そのころ私が原稿を書くのに使っていた、ゆったりした椅子が好みで、隙をみては、そこに寝そべっている。私が足で払いのけると、後ろを振り返りながら、別の場所を探しにゆく。ある時、私を見て椅子を明け渡したと思ったら、そこに小便を残していた。

私の家には小さな池があって、その一番くたびれたところに丸い石を置いて、池を渡ろうとする人の、飛び石のように見せていた。もっとも現実には小さな池だから、誰もその飛び石など使わなかった。

ある時、ネコがその飛び石にうずくまって必死で池の中をのぞきこんでいる。つまり池の中の金魚を狙っているのだ。私もヒマだったから、どういうことになるか、見ていた。やがて、ネコはここぞという時に前足を一本出して、水の中を引っかいた。空振りであった。それで第二撃を狙って、もう一本の足を出したのが間違いであった。第一撃の足は水に濡れて、滑りやすくなっている。石は丸い。それでネコは滑って、池に落ちてしまった。

それを見ていた私は笑いだした。すぐはい上がったネコは、笑う私を振り返り、しおしおと、近くの石灯籠《どうろう》の陰に隠れてしまった。ネコにも恥とまでは言わないにしても、自分の失敗を見られて具合が悪い、と感ずる知能があるのだな、と思った。

主婦業も、ひとつの境地になり得る

三浦朱門

女性が結婚して、主婦になる。主婦以外のことはしないで、決まりきったようにやっていて、それに矛盾を感じないようだったら、バカなんだ。

その中で、主婦の仕事に批判的な面や改良すべきものを見出したり、結婚制度や家庭という知恵って素晴らしいものだと思ったり、自分はこういうことをしよう、ああいうことをしようと思わない主婦は、やはりつまらないと思う。

自分の特殊な仕事というのは、趣味的なことじゃなくて、主婦の仕事そのものでもかまわない。日本的なやり方の中に素晴らしいものがある。あるいはヨーロッパ的な味付け、例えばシチューは本当に奥行き深いものがあって、その味についても東洋風の調味料を使えば、こういうものができる、ああいうものができるというふうに考えれば、一文もお金が儲からなくても、主婦業の中に積極的な意味を見出している。

そう考えると、お金は一生稼げなかったとしても、料理がうまい、掃除がうまい主婦であったというだけで立派なものだと思う。

面倒くさいことはすべて「忘れた！」に徹する

曽野綾子

午後、中部日本放送のテレビ撮影をうちで行う。最近おかしなことになって来た。私が去年出版した『老いの才覚』（ベスト新書）と、三浦朱門が海竜社から出した『老年の品格』という本とが、それぞれに売れているというので、取材が多い。

実はこの二冊の本は、お互いに知らないうちにできていたのである。別に隠していたわけではないが、そんな事務的な話はおもしろくないから、うちの中で喋らないし、ましてや本の表題など、出版社がそれでいいとなれば、自動的にそれに決まってしまう。仮に私が三浦朱門に「何ていう題にしたの？」と尋ねても、「忘れた！」の一言に決まっている。この老人は最近少し面倒くさいことはすべて「忘れた」と言うことにしているらしく、それでいよいよ余計なことに神経を使わないから健康なのである。

何でもキチンとやろうとする、それがいけない

三浦朱門

真面目な上に、妻は精神的にもろいところがあった。だから、「努力なんかしてはいけない、義理は欠け」と言い続けました。

悪い意味で真面目なんですよ。模範生なんです。だから、仕事でも家庭生活でもきち

んとやろうとするところがある。それがいけないんですよね。

私は努力をしなかったから、挫折もないと申し上げましたが、その通りなんです。だから、精神的に追い込まれることがない。やらなければいけないことがあって、嫌だなぁと思っても、まあ断るのが面倒くさいから、やるか、という感じで（笑）。

彼女は、やはり忙しすぎたんでしょう。一種のストレスが不眠症をもたらし、うつ病的になったんだと思う。作家としての仕事と、主婦としての責任と、いろんなものがウワっと重なって、気持ちの上でどうにもならなかったんでしょう。

世の中へは、ゆっくり出たほうがいい

曽野綾子

三浦朱門はかねがね、若い時に世の中に出た作家は、そのうち必ず書けなくなる時が来る、と予告していた。私は二十三歳でプロの作家として出発した。その時、世間に一応は受け入れられた若書き風の文体では、まもなく続かなくなって当然だという。三浦朱門の予言は当たったのである。

ただ、プロになったとき、「二十代で書き出した作家はやがて壁にぶつかる」と朱門に言われました。その意味が次第にわかるようになりました。

二十代の作家には「若書き」の文章のスタイルを許される甘さという魅力があるんです。

＊

男の人だと「僕が」と初めは書いていて違和感がないんですが、中年になると「僕が」じゃおかしくなってくる。若い目線や若者らしい表現は必ず通用しなくなる。

「そこを乗り越えられるかどうかが一つの分かれ目になる」と言われました。

朱門の父は『セルパン』という雑誌の編集長をしたことのある人で、朱門は父に連れられて井伏鱒二《いぶせますじ》さんに会いに行ったり、多くの作家を見たりしていた。消えていく作家が多いことも知っていたようです。早く世に出た者の危険性ですね。幸運でもあるけれど悲劇でもあるわけです。

好きな女の子の名前は一生忘れない

三浦朱門

遠藤周作は私のことを「エンサイクロペディア・ミウラニカ」(encyclopedia＝百科事典)と呼ぶことがあって、私の記憶力を褒めたが、遠藤が物を知らなすぎるのである。

私は両親から、興味のないことはムリに覚えることはない。覚えたと思ってもすぐに忘れる、と教えられてきた。父に言わせると、「歴史の年号など丸暗記しても、試験が済んで三日たてば忘れる。可愛い女の子の名前は一度、聞けば忘れない」というのであった。

自分にはない視点を持つ人の魅力

曽野綾子

私は短篇を書くのは好きだったが、荒っぽい言い方をすれば、十篇の短篇を書いて、その中からようやく一篇だけ納得するものができる、という感じだった。私はこのことに恥じるというより苛立っていたので、或る日三浦朱門に、いい短篇だけ書くために、書く数を十分の一に減らしたらいいかと思う、と言った。すると三浦朱門は私を笑った。

「なあに、九本の駄作を書くから、ややましな一篇ができるのさ」

表現は簡潔なほどいい

曽野綾子

私たち同人の作品ではなかったが、いまでも私が思い出すのは、全く別のある同人雑誌の作品の一節が話題になった時だった。

「物体に光が投射される時、その背後には陰を生ぜざるをえない」

という文章があったのである。こういう文章に出会うとなぜか阪田寛夫氏も三浦朱門も笑うのであった。阪田寛夫氏はうっすらと慎ましく、三浦朱門は眉をへの字に曲げて笑う。

「光があたると陰ができる、と書きゃいいんだ」

と言ったのはどちらだったか覚えはないのだが、それは私に文章作法の究極の姿勢を教えた。つまり表現というものは、できるだけ簡潔であるべきだった。むずかしいことも、平明に書くべきなのである。ましてや大したことでもないものを、わざとむずかしく書くのは、最低の悪文だ、ということである。

「運命」は不条理そのものだ

曽野綾子

夫の三浦朱門は、当時はまだ田舎だった東京の武蔵境で育ったそうですが、小学生の頃、お弁当を持って来られない同級生がいたというの。夫は、最初、その子に自分の弁当をあげようかな、と思った。しかしそうすると、毎日あげ続けなくてはならない。それはとてもできないと思って、あげないことにした。そしてずっと、食べられない生徒のそばで、自分は弁当を食べ続けた。

その時、彼は貧しい人というものが歴然としてこの世に存在することを知り、貧しい人を助けるのも辛い、助けないのも辛い、ということがわかったんでしょうね。宗教的な言葉でいえば、その子に負い目を感じた。人間は、自分の弱みや卑怯さを知った時、人間の哀しみというものに気づいて、共通の運命に対するやさしさも出てくるのです。

デパートで大声で訊ねてみたいこと

三浦朱門

私は言葉としてまだ使いなれていないが、レギンスとか言う、近頃の女の子がはく黒い靴下みたいなもの。足首までのものもあるし、フクラハギまでのものもある。あれは私たちの言葉で言えば、モモヒキであって、冬などはあれをはいていると、女の子にひどく軽蔑されたものだった。

昭和四十年ころだっただろうか、銀座の資生堂の前あたりを安岡章太郎と歩いている時、たまたまモモヒキの話になった。安岡は、

「あんなもの、オレは絶対にはかない」

と言って、銀座通りの歩道で、ズボンをまくってそれを実証しようとして、私があわててそれを制止した覚えがある。

女の子たちのあの黒いモモヒキの上はしばしば、短いズボンだが、われわれの言葉で

は、あれはサルマタという。モモヒキにサルマタは、冬の男性の下着の必需品だった。

私は時々、デパートの女性用の黒いモモヒキの売り場で、それを物色している女性の前で女店員に、

「あのね、その黒いモモヒキの、男性用のはどこで売ってますか」

と大声で訊ねてみたい誘惑にかられる。もちろん、買おうとしている女の子からは顔をしかめられ、女店員からは塩をまかれるかもしれないが、

「ついに言ってやったぞ」

と言えば、喝采《かっさい》してくれる年寄りのジジイも少なくあるまいと思う。

医者も人の子

三浦朱門

私が子供のころから知っている、ある外科の開業医が言った。

「しかしなあ、二十一歳になるウチの娘が内股《うちもも》に腫《は》れ物ができて、痛くて仕方がないし、ひどく腫れ上がったと言うんだな。場所が場所だから、やたらな医者に見せたくない、

と言うんだ。女房が、自分が手伝うから、普通の診療が終わってから、切開してくれと言う。そりゃ、外科医を三十年近くやっていれば、腫れ物の切開なんか、何でもない。ところが、娘の患部を見ると、パンティはちゃんとはいているが、大人になってから、彼女のヒップとか太ももを見るのははじめてだろ、それが、我が娘と思わなけりゃ、つまり娘の顔を見なければ、なかなか魅力的なんだなあ。いや、少なくともほかの男が見たら舌なめずりするだろうな、といったような、堂々たる太ももだしヒップなんだなあ、これが」

そう言って、彼はうなだれた。

「傍の女房は、『はやく消毒して、必要なら局部麻酔でも何でもして、切ってあげなさいよ。でも、嫁入り前の体ですから、手術の跡が残らないようにね』とわめきやがる。そんなら、お前がやれ、とメスを投げだしたいくらいだった」

いくら患者の体を物として見ることになれたベテラン医師でも、我が娘となると、内股の腫れ物にメスを入れるとなると、手が震えるものであるらしい。

別の心臓外科の医師で、大病院のその部門の責任者をしていた男がいた。彼の小学校の五年の息子がある晩、高熱を出した。そうなると、母親はおろおろして、病気は何でしょう、と聞くのだが、大病院の医師だけに、高熱の原因にもいろいろあるから、各種の検査をした結果を見なければ、一概には言えない、と答えるより仕方がない。すると患者の少年がベッドから起き上がって、

「ああ、近くにいいお医者さんがいないかなあ」

と嘆いた、というのである。

結婚して十年もたつと夫婦の事情が違ってくる

三浦朱門

だから親子ゲンカ、夫婦ゲンカが起きるのだが、これは笑いの代用、といってもよい性質がある。

親が子供を叱り、大人になった子供が親に意見して、言い争いになることもある。しかし大概の場合、そうなったにしても、一晩、眠れば、仲は元どおりになる。今さら、親子関係がどうなるというものでもないと、互いに諦めがある。

夫婦関係にしても同じである。新妻が夫のためワカメの味噌汁《みそしる》を作ろうとした。夫のために具だくさんにしようと、ワカメをたくさん入れたら、ワカメが見る見る水分を吸って膨れ上がり、鍋の蓋《ふた》を持ち上げんばかりになった。つまりワカメの味噌汁ではなく、ワカメの味噌煮になった。

これもまた矛盾である。そして愛らしい若妻が、味噌汁も作れないというのも、ご愛《あい》嬌《きょう》である。そのワカメの味噌煮を喜んで食べる夫も、妙な存在ではある。

だから夫婦はワカメの味噌汁変じてワカメの味噌煮でご飯を食べながら、笑いあうことができる。

それが結婚して十年もたつと事情が違ってくる。

「何だ、これは。コーヒーに砂糖を入れようと思ったら、これは食塩じゃないか」

「食塩の蓋は青、砂糖の蓋は赤と、昔から決まっているでしょう」

「誰が決めたんだ」

「アタシよ」

「オレに相談もなしにか」

「相談も何も、ずっと以前からそうなっているのに、蓋の色も確かめずに入れるから、そんなことになるのよ」

「大体な、コーヒーのそばに食塩を老いておくヤツがあるか」

「でも、コーヒーの後ろにある目玉焼きにはあなた、食塩を振るじゃない。だからそこに置いておいたのよ」

理詰めでいけば、とうてい夫は妻の敵ではない。このあたりで、夫は癇癪玉を破裂させ、コーヒーをその辺にぶちまける。その一部が妻の服にもかかる。

「やったわね」

こういったケンカはワカメの味噌汁で笑いあった事件と、本質的には同じなのだ。少なくとも他人なら笑える。

第四章

良き友よ

「お前なあ、ようそんな岩波書店みたいな言葉で喋れるなあ」

曽野綾子

三浦朱門は阪田寛夫氏と旧制高知高校に入った時に知り合った。阪田寛夫氏は関西文化圏のクリスチャンの家に育ち、家にはいつもオルガンで賛美歌が鳴っているような環境だったが、三浦朱門は東京の西はずれの、いわゆる三多摩と言われる土地で学校時代を過ごした。「どこどこの分校の生徒は半分が猿だ」というような笑い話も通った土地らしい。

高知高校時代のエピソードとして、或る日坂田氏は三浦朱門の言葉を聞いていて、「お前なあ、ようそんな岩波書店みたいな言葉で喋れるなあ」と言ったという話が残っている。

青春は真空のボールのようなもの

三浦朱門

僕らは、若い時というのはそれほど素晴らしいと思わなかった。また阪田寛夫の話ですけど、彼と話をしていて、「青春というのは、真空のボールみたいなものだ」と言ったんですね。外側の圧力がこうきつくちゃとてもたまったもんじゃない。ただ、もし我々が天才だったら、真空のゼロの中から有を生み出して、そして外圧以上のものをつくることができるだろう。でも、我々は天才じゃないから、多分そんなことはできない。やがて外側の殻が擦り切れて、そこからシューシュー空気が漏れてきて、気がついてみたら外圧と内圧が同じになってる。それが大人になるということに違いない、というようなことを、阪田と十七歳の時に話し合ったんですよね。

青春時代というのは、今日もまた昨日のごとく虚しかった、と毎日毎日思っていた。だから僕は「将来、口が滑っても、青春は明るく美しいなんて言うまい」と思った。

阪田寛夫「今日からパパをオジサンと呼びなさい」

三浦朱門

阪田寛夫は大人になるにつれて、無愛想な男になったが、それでも、魔がさしたのか、よほど物好きの女性がいたのか、とにかく浮気らしいものをして、それが夫人にバレて離婚騒ぎになった。夫人は彼が幼稚園に入って、最初のオユウギの時間に手を取りあった仲である。

阪田は気が弱いから、二人の娘を妻が引き取り、自分は養育費を毎月送ることを約束して、今の住まいを出てゆかねばならない、と覚悟した。そうなった時のために、娘たちに言いつけた。

「これからは、パパとかお父さんと呼んではいけない。オジサンと呼びなさい」

幼い娘たちは何もわからないままに、阪田のことをオジサンと呼びはじめた。

騒ぎを知って驚いたのは阪田の母親で、早速、大阪から阪田の家に飛んできて、夫婦仲を仲裁しようとした。まず手始めに、二人の幼い娘に、父親をオジサンと呼ぶのをやめなさい、と言いつけた。

「どうして、また、お父さんと呼ばなければいけないの」

「とにかく、お父さんと呼びなさい。そうすれば、百円ずつあげるから」

「それならお父さんと呼ぶことにする」

「ああ……！」村松剛

三浦朱門

村松剛《たけし》という評論家がいた。大学の教授もしていた。そそっかしい男だったから伝説もできる。

大学に行こうとして、準備がほぼできた時に出版社から電話があった。身支度を手伝っていた夫人も、電話が長そうなので、台所で洗い物をはじめた。

電話を終えた村松は靴を引っかけて、大急ぎで家を出た。バス停で山手線の目白駅に行くバスを待っていると、まわりの人がしきりに妙な顔をする。シッケイなと、彼らを睨《にら》みつけているうちに、バスが来た。バスに乗ろうと脚を上げて、ふと下を見ると、彼はズボンをはいていなかった。

ワイシャツを着て、ネクタイも締め、上着のボタンもきちんと留めてある。大学教授風の書類カバンも持っている。そういう一見、紳士風の男がズボンなしで、道を歩いていれば、大概の人は笑いをこらえるのに苦労するであろう。

遠藤周作の悠々たる〝舌戦〟

曽野綾子

亡くなられた遠藤周作さんは、夫が「髪の毛の薄いヤツにかぎって櫛《くし》を持っている」と言った時にも悠々たるもので、「髪が薄い、というのは差別語だからな。これからは『髪の毛の不自由な人』と言ってもらおう」とおっしゃったんです。

聖書には「愛は礼を失せず」（「コリントの信徒への手紙」十三章五節）という条項もあるんですが、こういう陽気な〝舌戦〟の中からは、たぶん温かい同志愛や尊敬も生まれるのだと思います。

*

或る時、遠藤周作氏と夫の三浦朱門が競馬に行き、合計で五万円分もうけてきたことがあった。三浦はバクチには興味がないのだが、遠藤氏が、「オレのやり方でやると、必ず勝つぞ」と言われたので出かけたのであった。

その必勝法については、もうすでに遠藤氏の名著があるのではないかと思うからここでは書かない。

「どうおもしろかった？」

と私は夫に尋ねた。

「忙しかった、かけ回った」

と夫は言った。とにかくどのレースも、六通りずつ買うので、馬券売り場を走り回らねばならない。やっと買い終わると、すぐ馬は走り出す。どの馬とどの馬の組み合わせを買ったのか当人も覚えていないくらいなので、馬がゴールに入ると、夫はわざと大きな声で、

「おい遠藤、どの馬が勝ったんだ？　オレたちのは、どうなった？」

と聞くことにした。すると、

「黙っとれ、間もなくわかる」

と遠藤氏もわかっていないのだという。電光掲示板に番号と配当金が出ると、やっと自分たちの買った当たり馬券が確認されて、二人はあわてて配当金を受け取りに走り出す。配当金は後でも貰えるのだということさえ、知らなかったのだという。

「つまり、おもしろかった？」

と私が聞くと、

「おもしろくない」

という返事であった。

「でも、馬が走るのを見るのはいいでしょう」

「馬の走るとこなんか、ろくろく見とらん」

何をか言わんやである。しかし金もうけはラクしていてはできないことだけは確実であった。

阿川弘之は正しい〝カミナリ親父〟

三浦朱門

電車の中で小学生の女の子が、もう一人の子に、「○○さんの家はアパートなんだもんねえ、お庭なんかないんだもんねえ」と言い、言われた子がうつむいてじっとしているのを作家の阿川弘之が見て、怒り狂ってね。「おまえの親が笑われているのがわからんのか！」と怒鳴ったんです。次の駅で、二人ともしおしおと降りていっちゃった。その話を聞いた遠藤周作が、「言った子も言われた子もそれぞれに、自分の親が笑われたと思ったぞ」と言った（笑）。

かくも世界は差別に満ち満ちている。僕自身は差別はしまいと思うけれど、区別はしなければいかんと思うんですね。家は一軒一軒違うし、人は一人一人違うし。

「踏まれる顔より踏み足が痛い」の意味について

三浦朱門

身を棄てて友を助けることなんて、自分にはなかなかできない。そういう負い目があればいいのね。

前に殉教の話が出たけれど、遠藤周作と僕たちは「棄教同盟」というのをつくっていたでしょう。それができたきっかけは、遠藤の小説『沈黙』の取材のため井上洋治神父と僕が遠藤と一緒に島原に旅行したときのこと。彼が井上神父に同行を依頼したのは、神学上の質問をするためだと思いますが、僕は運転要員だった。三人の中で車を運転できるのは、僕一人だったから。それで長崎でレンタカーを借りて、島原半島をぐるっと回ったんですね。

『沈黙』は簡単に言うと、信者を救うために神父が率先して教えを棄てるという話なんだけれども、島原の雲仙温泉にはキリシタン弾圧のころに信者に熱湯を浴びせて棄教を迫ったというところがある。そこに来ると、遠藤は僕に聞いた。

「おまえどうする？　背中に熱湯をかけられるんだぜ。おれだったらヒシャクを見ただけで、『棄てます、棄てます。仏教に改宗します』って言うわ」

それで僕はこう答えたんです。

「おまえはおれの代父（キリスト教において、洗礼式に立ち会い、神に対する契約の証人となる役割を果たす者。女性の場合は代母という）だから、代父が改宗したら仕方がない。おれもやむなく棄てるよ」

冗談半分の会話でしたけど、たぶん実際もそうなると思う。しかし、それと心の中にある問題とは別なんですね。

そのころ、遠藤は色紙に「踏まれる顔より踏む足が痛い」とよく書いた。これはキリシタン時代、信者であるか否かを識別するために、キリストの像を描いた板を踏ませたこと、いわゆる踏絵のことを言ったんですね。踏めば教えを棄てた証拠だと言えるし、踏まなかったらこれはまだキリスト教徒の信仰が残っているとみる。遠藤が言わんとしたことは、「命惜しさにキリスト像を踏んでもかまわない。信仰を棄ててもかまわない。ただ、その重荷を背負っていけ。神のために自分の命を棄てられなかったことを心の隅に置いて生きていけ」ということだったと思う。

こんな女に、男に、誰がした

三浦朱門

高橋和巳が生きているうちは高橋たか子さんは小説を書かなかった。彼が亡くなってから高橋たか子さんは小説を書くようになって、我々と知りあった。そこで遠藤がたか子さんに、なぜあの頃小説を書かなかったって聞いたら、「私も小説を書きたかったけれども、私が隣りの部屋で小説を書くと、私の小説を書く脳波が襖《ふすま》を通して移ってきて和巳が小説を書けない。それで私は専業主婦に徹していたんだ」と。

そうしたら、遠藤は「わかった。俺が小説を書けんのは順子のせいや、順子が隣りの部屋でぼけーっと口をあけてテレビを見てると、彼女の愚かな脳波が壁を通して俺の頭に来て、俺がいくら優れた小説を書こうと思っても書けないんだ」って。

妻によって男はほんとに悪くなるけど、夫によって妻も悪くなる。つまり、結婚する前は、婚約者あるいは恋人の前でカッコつけている。結婚して気がつくと、へそを出してステテコ一枚でブーブーおならしながらテレビを観るようになる。おかみさんも髪の毛はざんばら。こういう女にしてしまったのは俺だ、と思うし、こういう男にしてしまったのも私だ、ということなんです。だから幸福を求めるのはズーズーしい。この言葉は非常に謙虚だ。

遠藤周作を驚かせた、いとこの結婚相手

三浦朱門

僕は遠藤周作が好きで、彼の言葉を始終思い起こすんですけど、彼が若い頃に言ったこと。「俺にブスのいとこがおって、こんなのは嫁に行き手がないやろな」と思って、会うたびに「ボーイフレンドできたか、できへんやろな」とからかっていた。ある時

「ボーイフレンドできたか、できへんやろ」言うたら「結婚します！」「ええっ、お前のようなのが好きな男がよう世の中におったなあ」って言ったら、つまり修道院に行きよったって。イエス様なわけだ、相手は。

「うちの息子はホモじゃなかった」

三浦朱門

たとえば、遠藤周作のうちであった話です。息子の龍之介君が、いまはもう四十男ですけど、十二、三歳の頃、順子夫人が息子の部屋の掃除をした。これが大事なことなんですね。母が子どもの部屋を掃除する。そして、大変な写真を見つけてしまった。順子夫人は顔色をかえて遠藤氏のところへ行って「あなた！　あの子こんな写真を」と金切声をあげたら、父親が「うん、よかったな、うちの息子はホモじゃなかった。それ俺によこせ」って。

これは正しいことです。しかし、順子夫人にとってみたら、息子がそういうのを持っているというのはショッキングなことですよね。龍之介は友だちから借りたかもしれないのに親父に召し上げられて、友だちになんて言い訳していいかわからない。このことで親子三人がすごく居心地が悪くなる可能性もあった。

だから、自分のあるがままを素直に出して、しかも受け入れてくれて、メシの間に石が入っていてジャリッということのないような憧れができるんですね。その憧れからロマンスが生まれる。ロマンスが生まれるじゃなくて、この場合、ロマンチックな物語が書かれる、というふうに考えてもいいと思うんです。個人の生活の中では恋愛というようなものの中にそういう幻を描こうとするんですね。

古い友だちは「はき慣れた靴」

三浦朱門

僕は、字が下手だから、ある時期、色紙を書けと言われて困ると、絶対に人に飾られないように、「白雪やいばりの湯気の白くして」とか「銀座八丁、豆腐八丁」とか書いていたけれど、ある時「旧友ははき古した靴のように捨てがたい」と書いた。本当に古い友だちというのは、はき慣れた靴なんですよね。ハイヒールなんかの場合に、変なところにひっかけてキズができたりなんかしても、ちょっと長く歩くという日には、やっぱりその靴のほうが歩きやすくていいということがある。

古い友だちというのは、いかにヨボヨボのジジイになっていても、あるいは世間的な成功者なんかでは全然なくても、一緒にいる時に、何とも落ち着くんですよね。だから、洗いざらしの浴衣《ゆかた》とか寝間着とか、あるいははき古したキズだらけの靴をきれいにしてはいて行く、ということは、やはり年を取ったらいいことだと思う。

筍《たけのこ》はなにしろ偉い！

曽野綾子

夫の知人の一人に、竹藪を持っている大地主がいて「おい、筍を掘りに来い」と夫を誘ってくれたことがある。夫が自分の手が空いている日を云うと相手は、夫の言葉を遮った。

「いつがいいかは筍の都合だぞ。筍は人間には絶対に合わせんからな。天皇さまが来られると言ったって、総理大臣が来ると言ったって、筍は、ご都合に合わせるということをしないのだ」

「わかった、わかった」

と夫は答えて電話を切り、

「筍は偉いんだぞ」

と嬉しそうに私に言い聞かせた。

もちろん筍は、社長より部長より偉いのだし、菜っ葉はいかなる社員より個性的なのである。

人のことは言えない

三浦朱門

そのころ杉村氏のところに密かに通ってくる女性がいた。杉村も私もお互いに八十歳過ぎになって、某財団で再会することになった。私がその女性について質問すると、彼女は結局、杉村夫人になっていたのだ。

「やっぱりなあ、研究ばかりしていると、女性と知り合うチャンスがないから、ちょっといい顔された女性と、結婚することになるんだなあ」
と冷やかそうと思ったが、考えてみると、私だって、そのころ、この下宿に通うようになっていた聖心女子大学生の曽野綾子と結婚したのだから、人のことは言えないのである。

世も羨むような成功は真平ゴメン

曽野綾子

もう何十年も前に、夫は、亡くなったソニー会長の盛田昭夫さんと知り合いになった。うんと親しいというわけではないが、一つの会合から次の会合へ行く時、たまたまその二つの会合が同じだとわかったので、盛田さんの自動車に乗せてもらうことになった。そして夫は帰って来ると、盛田さんの車の中には、自動車電話の、こちらから掛ける専用と秘書が受ける専用の少なくとも二本以上あって、会合の席から会合の席へ移動する間が盛田さんの一つの厳しい執務時間なのだと言う。

夫が言ったのは、つまりあれほど厳しい暮らしをするのだから、お金持ちになって当然だということであった。それに比べて自分は怠け者だから、とてもああいう暮らしはできない。

「盛田氏はゴルフだって、自動車電話に電波が入る所でしかしないそうだ」

と夫は言った。当時はまだ自動車電話の電波外区域というのがけっこうあったのである。

つまり世も羨むような成功に到達した人というのは、もちろん幸運もあるだろうが、私の夫だったら真平《まっぴら》というような努力を続け、犠牲を払っているのである。盛田氏ほどの世界的大成功ではなくても、昔は皆、それなりに耐えて自分を伸ばさねばならないと知っていた。耐えることは、人生の一部だったのである。

遠藤周作の遺したネクタイで劣等生の代弁に臨む

三浦朱門

遠藤周作が死んで、奥さんが形見分けといって、僕にネクタイ二本と金のカフスボタンをくれたけど、それによって悲しみは相殺なんかされなかったよな。ただ、こんな時遠藤だったらこのネクタイを締めるかもしれんな、という時に、そのネクタイを締めることにする。たとえば、文部省の教育課程審議会なんかで「俺たち劣等生のことを考えると」という、劣等生の代弁をしなけりゃと言う日には、うん、これは遠藤のネクタイを締めて行った方がいいかな、と思うけども。

似合わない、耐えられない場所

曽野綾子

或る日夫は文化庁長官として、写真家たちの集まる会に祝辞を述べに行った。西武デパートで車を降りたところに、当時既に写真界の重鎮だった三木淳さんが出迎えていてくださった。後に三木さんは日本写真作家協会を作り、その初代会長になられたはずである。

二十代からの知己にも係わらず、二人はそこで他人行儀に挨拶を交わし、人々に囲まれて会場に入った。そこまではよかったのである。しかし二人とも深い当惑を感じていたのだろう。ステージの脇で出番を待っているほんの短い隙に、三木さんは三浦朱門に囁《ささや》いた。

「おい、朱門ちゃん。今日はマジでやろうな。マジで」

お互いに個人を離れた言葉遣いもしなければならない立場になっていた。昔交わしていた会話は徹底して、それぞれの主観と主語の明確な表現ばかりだった。それが今日はそうでない。三木さんの周囲にも、三浦の周囲にも、立場上、そこに立ち会っている他人がたくさんいた。

無事に儀式が終わって、三浦朱門は文化庁に帰ることになった。三木さんは再びデパートの車寄せまで送って来てくださった。

自動車がいよいよ出発する時になって、三木さんはもうこうした「お芝居」を続けることに耐えられなくなったのだろう。突然大きな声で三浦に言った。

「朱門ちゃん！　瑪里《まり》ちゃん元気？　よろしくね！　愛してるってね！」

瑪里ちゃんというのは、朱門の姉であった。終戦直後、三木さんも、朱門ちゃんも、瑪里ちゃんも、あちらこちらで語学や、美術の知識や、書く才能を生かしたアルバイトをしていた。

「学生服のまま、あっちの雑誌社、こっちのグラビア新聞社に行くだろう。そうすると同じ人がまた来てるのさ。三木淳さんもその一人だった。瑪里もそのうちの一つでちょっとの間、働いていた」

三浦に言わせると、三木さんと瑪里ちゃんは別に恋仲でもなかったようである。しかし義姉の瑪里はスタイルのすばらしい美人だったし、荒れ果てた戦後の一時期の思い出の中では、ロマンチックな憧れの人として多くの青年たちの胸に残っていたのだろう。

こっちだってあと何年生きられることやら

三浦朱門

私の場合、十七歳の時、停学になった。それまで一緒にぐれていた四人の悪友が、三浦が代表で処罰されたから、オレたちは厄逃れだ、とばかりに、うれしそうにしている写真を送ってくれた。この間、その写真が出てきたので、懐かしくて眺めていたのだが、気がつくと全員、この世の人ではない。こっちだって、後、何年生きることやら。

そういう段階になって、改めて配偶者を見ると、一度にではなく十年ほど間隔をおいてだが、両足を足首の上で骨折している。そのせいか、歩くのが苦手になって、事実上は電車の利用は避けたいらしい。新幹線を利用する時などは、乗り降りする駅までは車を使うようになった。私だって旅行をするとなれば、アレを持ってゆかねば、といった薬や道具が色々とあって、もう簡単に、「ローマに行く？　うん、行こう。今は若葉の季節だから、気分がいいぞ」などとは言えなくなった。

阪田寛夫の詩人としての恐ろしいばかりの才能

曽野綾子

三浦朱門は戦争中、旧制高知高校で阪田寛夫さんと同じ部屋に寝泊りしていました。そこで阪田さんの詩人としての恐ろしいばかりの才能を見たというのです。三浦朱門は表現のひね曲がった人ですから、何かというと阪田さんに「お前はあほや」と言ったことがあるらしいんですね。するとその一言で阪田さんは詩を書いてしまう。

熊にまたがり屁《へ》をこけば

りんどうの花散りゆけり
熊にまたがり空見れば
おれはアホかと思われる

この一つの詩からみても、三浦朱門はとうてい阪田寛夫さんの文才にかなわなかったわけです。

ああ、ボクだって……

三浦朱門

まあ、せめて授業以外の場で阪田との接触の場をつくろう、といった気持ちからの映画研究会入会だから、真剣でない人間を排除しようという、大人になってから映画評論家として名を成す、荻昌弘の気持ちもわかる。

別にどうしても入りたい、というわけではないから、私は笑いだした。すると阪田も映画研究会に入ろうとした自分たちのデタラメさ加減に気づいたとみえて、笑いだした。

それ以後、二人の間で映画研究会が話題になったことはない。

結婚した私は、夫婦ともに、小説書きとして生活できるようになった。私は曽野に対する嫌がらせをする必要のあった時、その映画研究会のことを話して、

「ああ、あの時、荻昌弘なんてのがいなければ、ボクは今頃、彼の映画研究会に入って、映画の演出家になって、天下の美女の大スターと結婚できたかもしれないのに」

と言ったことがある。女性は執念深い。それを何年も覚えていた。曽野が何かの映画祭で、荻昌弘と一緒に審査員になることがあった。曽野は帰宅すると、意気揚々とこう言った。

「荻さんに、あの話をしたんだけどね。荻さんがおっしゃってたわよ。『三浦さんじゃ、スターと結婚するのは無理じゃないかな。ボクだってダメだったんだもの』って」

ああ恐ろしや、遠藤周作と三浦朱門の霊体験

曽野綾子

何年か前、作家の遠藤周作氏と三浦朱門が熱海にある、ある会社の寮に泊った時、そ

こで幽霊を見た、ということになっている。そのことについては、遠藤氏が書いておられるから、私は今はここでは詳しくふれない。幽霊を見たという証拠は、当事者にも出せないだろう。二人が、前夜食べたものに軽くあたって、同時に、お腹を悪くしていたので、要するに悪い夢を見たのだということもできる。ただ私は、一晩泊りで帰るはずの二人が、二晩どこかで泊って帰って来た時、偶然、渋谷の駅で落ち合ったのである。二人の言を信じるかどうかは別としても、私は顔を見るなり、二人がひどくやつれたように感じていた。ことに三浦朱門は無精髭を生やし、よれよれのレインコートを着てじつに情ない顔をしていた。

「どうしたの？」

と私は尋ねた。決して夫が一晩余計に外泊したことを詰問したのではない。ただ、何事かあったのではないか、ということが、何となく感じられたのである。

「実は熱海でお化けを見たんだ」

と三浦は言った。

「まさか……」

以下は省略する。つまり二人は、最初の晩にさんざん恐い目にあったので、もしかしたら「オンブお化け」になるのではないかと思い、もう一晩、試しに別の宿屋に泊ってみた、と言うのであった。

「それで、結果は？」

お化けは、二人にオンブして来ることはなくて、初めに出たところに、「お留り」になってくれたらしい。この時のお化けは遠藤さんには音として聞え、三浦には後姿として見えた。

つまり遠藤さんには「ここで死んだ」という意味のことを言っている声として聞えたといわれ、三浦には鼠色のセルのような和服を着た人物の後向きになった姿として見えた。フランスではお化けは皆声として出現するので、フランス文学の教養のある遠藤さんには、お化けも心得たものでフランス風に出たのだろう、というもっぱらの評判であった。

口から出まかせ「巨額隠し財産」

曽野綾子

九十歳になる夫の三浦朱門は、親友のほとんどが亡くなられたことを心底寂しがっている。ことに遠藤周作氏と阿川弘之氏と機会あるごとに喋れなくなったのは、こたえているようだ。

しかしわが家の中では、この方たちは生存中と同じように会話の中に出てくる。先週も、「こういう時は遠藤から電話がかかってきたんだろうになあ」と夫が言った。新聞で巨額の隠し財産を持っている人たちのリストを含んだ「パナマ文書」のことがしきりに取り上げられていた頃である。

つまり昔なら、こういう時、遠藤周作氏からある日電話がかかってくるはずであった。ご本人は他界しておられるので、以下の話はすべて夫の作り話だが……

その架空の電話は、遠藤氏の、

「おい三浦、お前、パナマに貯金あるか？」

という質問で始まるのである。

「ないよ」

「おれもない」

夫は作家だけあって相手を見て答えを変える。誰かわからない相手から「いい投資先があるんですが……」などという電話がかかって来ると、夫は「僕は先日、四億円ほど儲けましてね。この金の使い道がなくて困っているんです」などとシャアシャアとでたらめを言って、腹を立てた相手がガシャンと電話を切るのを楽しみにしている。

「どうして四億円にしたの?」

と後で私が聞くと、

「『嘘には三と八がつく』って言うから、一足しただけさ」

と答えたこともある。

三浦に秘密の資産はないとわかると、遠藤氏は少し声を潜め、

「実は俺もないんだ。しかしこういう時にパナマに秘密の金がないというのも後れを取って癪《しゃく》だからな。P誌のAに言って、俺と三浦のところはアヤシイという記事を書かせようや。それには少しワイロもいるしなあ。お前、一万円くらいは出すか?」

「いやだ」

夫は自他共に認めるケチである。

「千円だって、百円だっていやだ。Aに百円やるのはいやだ」

ガシャンと電話を切ったのはどちらなのかは知らないけれど、二人はこんなことで、仲違いしたこともなかった。一つ終われば、次のイタズラを考えているだけだが、けっこう忙しいのである。

Aというのは昔からなじみの編集者で、二人の中学生みたいなイタズラの手口も熟知し、うんざりしながらつき合ってくれていた大人気《おとなげ》ある人物の一人と思えばいい。

野暮を承知で解説すれば、この手のウソにも、イタズラにも、一つの硬派の姿勢は貫かれている。

それは最近の、正義、平等、人道主義、反権力などを、はずかしげもなく前面に出して振りかざすのが言論人の資格だと言っている人たち（書き手や編集者）への、一つの答えである。態度の悪い二人は、そんなふうにして、遊びながら時代に応えていたのである。だからわが家には、笑う種が尽きることはないのだ。

「いいんだよ、君が生んだ卵じゃないんだから」

曽野綾子

昔、遠藤周作さんと私の夫がスキヤキを食べに行った。遠藤さんが卵の殻を割ると小さな血の塊が黄身についていた。スキヤキ屋の女中さんは、すっかり恐縮して言った。

「すみません、今すぐお取り替えいたします」

心優しい遠藤さんは、女中さんを慰めるように言った。

「いいんだよ、君が生んだ卵じゃないんだから、別に謝らなくても……」

「夫婦の作法」少し怖い話

三浦朱門

「愛は無作法をしない」という言葉を聞くと、作家の近藤啓太郎の話を思い出します。

近藤は奥さんのことをとても愛していて、奥さんがお元気な間は、慣用句的に言うと放蕩《ほうとう》の限りを尽くしたんだけれど、亡くなられたときは大変ショックだった、という。

奥さんはミス千葉になられた美人で、かつ非常に健康的だった。近藤より早く亡くなられるなんて思えなかった方で、彼みたいなへなへなの痩せっぽちよりもはるかに体力も腕力もあったんですね。

しかし、彼は亭主関白だから、あるとき、部屋の真ん中に大きな顔をして寝そべって新聞を読んでいた。奥さんは部屋の隅から、明るいところへミシンを運ぼうとしていた。それがわかっているなら、どくとか、手伝うとかしてくれればいいのにと内心苦々しく思ったのか、あるいは近藤啓太郎が前日か前々日に奥さんを裏切ったことについて腹にすえかねるところがあったのか、奥さんはその重い脚のついたミシンをよいしょと持ち上げて、そのまま真っすぐ部屋を横切って大の字になっている近藤の上をまたいで行った。

彼は、もし女房がどかんとミシンを落としたら大変なことになるなとは思ったけれど、知らん顔して新聞を読み続けていたというのね。とても彼ら夫婦らしい、愛情と信頼の感じられる話で、美しい夫婦だなと思った。

奥さんがそうやってミシンを持って亭主をまたいで行くというのは、形の上では無作法だけれど、亭主に危害を与えるとかそういうことでは全然なくて、そういうかたちで彼をたしなめた。それはきちんとした彼女なりのマナーにしたがっているという感じがするんですね。そして、少し怖いな、と思いながら、じっと不安に堪えているのも、女房からたしなめられた亭主というもののあり方だと思う。

だから夫婦の作法というのは、その夫婦がそれぞれのかたちでつくっていくマナーなんだという気がする。

今世紀に生まれた最高のブラックユーモア

曽野綾子

朝日新聞はもう何十年も前に、報道される内容があまりに偏っているので取るのを止めた。その頃、阿川弘之氏も同じことを言われ、爾来、阿川氏は朝日に関しては、「取らない、読まない、書かない」をモットーとするようになったと朱門はおもしろそうに話していた。

それに関してどうしても書いておきたいおもしろいエピソードを思い出したので、いささか本題とはなれるのだが、許してほしい。

或る時期、阿川氏は、私の後輩に当たる聖心女子大卒の女性を秘書に採用されたことがあった。ほんとうに性格のいい伸びやかな女性だった。

或る日、阿川氏が横須賀に取材に行くことになると、この秘書は「是非連れて行ってください」と同行をおねだりした。

ほんとうに阿川氏の助手として横須賀を歩けるなら、私も秘書にしてほしい。横須賀の軍港が見える所へ行くと、この秘書は尋ねた。

「阿川先生、どうして自衛隊の軍艦は、朝日新聞社の旗を掲げているのですか？」

これは今世紀に生れた最高のブラック・ユーモアになるだろう。

遠藤周作の比類なきのびやかさ

三浦朱門

そして遠藤である。彼はなんとか運転免許は取ったものの、ある時、私のところに電話がかかってきた。車が突然、動かなくなったという。

とりあえず、行ってみると、故障というものも、人を選ぶのか、珍無類の故障だった。

車の電気系統のヒューズが全部、それを納めた箱の蓋《ふた》が取れて、外れていた。そんな故障を起こしたのは、私の知る限りでは、彼一人しかいない。

私は将来、遠藤が車の運転を続けると、どんな事故を起こすかわからないと心配になって、車を諦めさせようと思った。

「あのなあ、お前に車の運転は無理だ。やめろ。車を運転できるのは、オレだろ、阿川だろ、吉行だろう、全部、東大文学部だ。安岡もお前も慶応だろ、慶応の文学部には車はムリなんだ」

するとと遠藤はすかさず言い返してきた。

「あ、そうか。東大というのは自動車学校の予備校か」

でも本当に東大出の取り柄というのは、精々でそんなところかもしれない。

＊

それだから周作は信仰者でありながら、いわゆる行者風の生活をする必要を認めなかったのである。酒を飲み、美しい女性との交友——交友である、交情ではない——を楽しみ、旅行もし、美味い物も食い、しかも多くの人に人生の第一義について語り続けた。彼の代表作の一つ、『沈黙』は丁度、昭和四十年代はじめの大学紛争時代に出版されたこともあって、イデオロギーを棄てるか、棄てるにしても、自分の影響で同じ運動に入った仲間への裏切りの負い目をどう考えるべきかについて悩む全共闘世代に広く読まれた。

＊

この時期の周作を大人が見れば、どうしようもない、ダメ少年であっただろう。飛白《かすり》の着物に兵児帯《へこおび》をしめて、腰に玩具の刀をさして凄んでみせている写真がある。当時の時代劇スターの嵐寛寿郎に手紙を出して弟子にしてほしいと頼んだともいう。登校途中の甲南女学校に通っていた佐藤愛子に憧れて、彼女と同じ電車に乗り合わせると、奇声を発して彼女の注意をひこうとしたという。しかしそのころの彼女は甲陽中学の野球の選手で、後に高名なプロ野球のスターになる別当投手に憧れていて、周作など見向きもしなかった。彼女の言葉によると、

「そう言えば、あたしが電車に乗ると、薄汚い灘中の生徒のグループがいたわね。遠藤さんはあの中にいたのかしら」

ということになるのである。

＊

私はもとより女性とは無縁な人間だが、遠藤も同じであったはずなのだ。それが昭和四十年ころから、遠藤は本当に女性にもてはじめた。その理由は私には見当がつくような気がする。彼がありのままの自分を社会にも、異性にもさらけだし、その表現がユーモラスでさりげなく、一緒にいて楽しかったからである。

女性は気心の知れない男など好きになるまい。また自分をさらけだすといっても、肉欲を露骨にあらわしてセックスを迫る男にも、辟易《へきえき》するであろう。その点、遠藤はおおらかであったし、雨の日にも合羽を着て、その雫《しずく》で植木に水をやるような楽しいところがあった。

遠藤周作のおおらかさ、のびやかさが、作品にも生活にも社交生活にも素直に表現されるようになったのは、恐らく順子夫人が作った家庭の健全さゆえであろう。

美しき兄弟愛

三浦朱門

大連時代であろう、ある晩、周作は床を並べて寝ていた兄の正介に揺り起こされた。眠い目をこすりながら起きると、正介が言う。

「おい、えらいことをしてしまった」

正介は寝小便をしたのである。秀才の正介には想像しがたいことだが、あるいはそれも家庭不和の重圧が彼にもかかっていて、それがこのようなことになったのかもしれない。ここで秀才の兄にもこういうこともあるのか、といささかの憐れみとか優越、さらには共感などを覚えてもよいのだが、普段から兄に負けないように、と教えられていた周作はこれこそ、兄を凌《しの》ぐチャンスだと思った。あるいは兄の失態を救うためには、自分がそれ以上の失態をすべきだと思った。

それで彼は布団の上にしゃがみこんで脱糞をしたのである。

「朝になっておフクロが嘆くんや。無理ないわな、兄はネションベン、弟は寝グソやもんなあ」と周作が語ったことがある。

殊勝な言葉の裏にはやはり何かがある

曽野綾子

朱門には旧制高校時代の親しい友達がいた。そのうちの一人は優しい誠実な性格で、いつも朱門の荒っぽい、投げやりな性格の「尻拭い」をしてくれていた。

或る日朱門はその人に殊勝なことを言った。

「友人は皆死なないでほしいな」

「君、今日は珍しく優しいことを言うね」

「いや、皆がいないと、俺の葬式だすのに困るからさ」

第五章

我が家の掟

「やりたくないことをやるのはドレイ」

三浦朱門

私が子どものとき、宿題をしていたら、父が変な顔をしたんです。「それは何だ?」「宿題」「先生がやれと言ったのか」「そう」「お前、妙な趣味があるな。やりたいのか」「やりたくないけど」……。そうしたら、「やりたくないことをやるのはドレイだ」と言われて(笑)。宿題をやるなんて、妙な趣味だ、と親が語る家だったんです。

祖父の代から、うちのやり方は、他の人と違うことをやれ、ということだったんですね。他人と違うことをやるから生きていける。他人と一緒になったら、うちの人間はダメなんです。だから、息子を強く怒った。本当に強く怒ったのは、それくらいですけどね。

誠実さの中の不実

曽野 夫婦って、面白いのよね。それは、義父母を見ていても思った。

三浦 母はケチでしてね。父が夜、コタツに入ってパイプをふかして、いつまでもテレビを見ているのが気に入らないんです。だから母は、あらゆるスイッチを自分の枕元に置いておいて、まずはテレビのスイッチをパッと切る。

父は「あ、停電だ！」と。部屋の電気はついているのに（笑）。それでもまだ煙草《タバコ》を吸っていると、今度は電気ゴタツの電気を切る。「あ、冷たくなった」。そして最後は、パッと電灯を消しちゃうんです。こういうのも、夫婦なんです。

それは悲惨なことではなくて、おかしい、いいことなんです。不実っていうのも、またいいんです。誠実もいいですが、不実もまた笑える。それが、夫婦なんですね。

好きなことさえあれば心の支えとなる

三浦朱門

僕は父に言われたのは、好きなことをやっていれば間違いない、と。そりゃ好きなことをやって飯が食えりゃ、それに越したことはないけども、生活するためにいろいろなことをやってても、好きなことさえあれば、それが自分の心の支えになる。

夫婦ゲンカは、夫が勝ってはいけない

三浦朱門

結婚生活が長いからといって、ケンカもしない、夫婦円満で、いつも平和なんてわけではない。対立は始終です。

ただし夫婦ゲンカでは、夫が勝ってはいけないと思うね。基本的に男は論理的にやり込める。対して女性は感情を裏付けにしているから、論理をもってすれば勝てないことはない。

しかし、仮にやり込められたとしても、女房というものは、そのことを執拗《しつよう》に覚えていて復讐する。例えば、私の嫌いなものを食卓に並べる。私が渋い顔をして、何か言う前に先手を打つ。

「これね、安かったのよ。明日まで持たないから割り引きしたのね。経済的でしょう」

女房は家事を掌握していますから、夫は無力なんですよ。自分から先頭に立って、買い出しや料理をするわけにもいかない。そんなことをやっていたら、こちらの社会活動に支障が出てくる。

だから、夫は夫婦ゲンカに勝ってはならないんです。こちらが弱者になれば、相手は女性だから、雨に濡《ぬ》れた子犬を見るように憐れんでもくれる。そして、三度に一度は、こちらの好きなおかずを用意してくれるんです。

だから、夫婦の間で意見の不一致ができたら、夫はその場で両手をついて「悪かった。この通り、許してくれ」と平身低頭するのが、安全無事だと思っているんです。

思い通りにいかないのが人生

曽野綾子

私たちの子供のころなど、すべてが生身の人間関係でした。

夫の三浦朱門は、当時はまだ田舎だった東京の武蔵境《むさしさかい》で育ったそうですが、小学校からの帰り道は、ランドセルをどこへ置き忘れたかわからないくらい、いつも同級生たちと遊びまわっていたと言います。

遊び疲れてちょっとお腹が空くと、畑の柿の実を一個、失敬する。それを見つけたおじさんが「コラーッ」と怒鳴って、追いかけてくる。ほんとうに取っ捕まえて、警察に突き出すというわけではないのでしょうけど、みんな一目散に逃げるわけです。同級生の中には、まだ赤ん坊の妹をおぶっている男の子がいて、その子はどうしても逃げ足が遅くなる。それでもみんなで必死に竹藪《たけやぶ》のほうへ逃げる。竹藪を通る時だけは、大人より子供のほうが足が速いらしいんです。

そういう悪知恵とか、柿を盗んだという一抹の罪の意識とか、妹を背負って学校へきている子供がいるんだとかいう重い人生を見て、子供たちも学ぶわけですね。良くも悪くもない人生ではなく、良くも悪くもある人生を学んだのです。

子供のころからずっと「思い通りにいかないのが人生」と思って来ましたね。

ジイサンは使える

三浦朱門

ジイサンだって、少なくとも、住居の不具合、棚が落ちそうだとか、天井の隅の掃除は女性では手が届きかねる、といった時には役に立つ。町内で、火災予防その他の集まりがある時は、ジイサンが出ればよいのである。

しかし一番、役に立つのは、孫の教育である。母親は訳も判らず、勉強しろの一点ばりだが、祖父母になると、勉強した子、勉強などしなかった子の行く末を、自分の仲間を通して知っている。

「オジイサンの友達で、勉強ばかりしていたのがいたが、大学を卒業して間もなく、肺結核で死んでしまった。オジイサンなんか、勉強はしなかったが、よく遊んだおかげかな、体は丈夫で、三流大学しか行けなかったし、就職先もよくなかったが、元気に働いたおかげで、職場では重宝がられたし、普通よりちょっと遅れたけれど、とにかくも管理職になって、定年ということになった。しかも、働き者だというので、子会社でも喜んで迎えてくれてね。まあ、あれやこれやで、七十歳近くまで働くことができた。大した収入にはならなかったが、お前の父親には物質的に迷惑をかけずにすんだ」

「人並以上に勉強するよりも、やりたくない科目にも、それなりの努力をすることが大切なんだ。お前、英語が苦手か？　それなら、英語は他の科目より以上に時間をかけて勉強する。それが大切なんだ」

そして秀才が社会に出て、どうなったか、鈍才はどういう人生を送ったかを体験を通して孫に話してやることが、最良の教育ではないだろうか。

恵まれていないことの不幸と幸せ、恵まれているがゆえの幸せと不幸

三浦朱門

僕は今、孫について心配していることがある。それは、孫は遺産をもらったりして、物質的に困らない状態になっているわけ。そういう中で育ってしまうと、人間がダメになってしまうんじゃないかと。

追い詰められて、死に物狂いでつかまったり泳いだりして初めて人間になるのに、そういう恵まれた状況にいると、俺は将来何をしようかということを考えなくなって、わがままな精神状態になってしまう。それは、客観的に見れば幸せなんだけど、反面不幸せかなと思う。

ある大きな会社の御曹司で、いい大学を出た人が、博打《ばくち》に凝って、何百億という借金をつくったりする。その人は恵まれた環境にあって、しかも恵まれた学歴も持っている。

そのために自動的に、自分の父親のあとを継いで社長になる。ということになったら、博打でもするより他、しょうがなかったんじゃないかと思う。

だから、恵まれていないことの不幸せと幸せ、恵まれているがゆえの幸せと不幸せというものがある。いじめられるのは個性があるからだという言い方をしたけれど、いじめる側の幸せと不幸せ、いじめられる側の不幸せと幸せがある。だから、うちの孫も恵まれすぎていたと思う。

「他人に親切に」ではなく、「冷酷になれ」

曽野綾子

もう一つ、私が夫から教わったことは、これはかなり高級な判断であった。夫は私に、他人に親切にではなく、冷酷になれ、と教えたのである。世の中の多くの人間関係は、他人が口出しできないような部分が多く、従って当人をよく知らない他人の親切というものは、嬉しいよりも面倒に思われる場合が多い。だから、親切という形で相手の生活に介入するよりも、不親切という形で、じゃまをしない方がいい、と夫は言ったのである。

おもしろいことに、そういう彼自身は、あまり人情的ではなかったが、不親切ではなかった。そして私は、親切であることが他人を困らせるなどという事実を考えたことすらなかったので、そのからくりを大変に新鮮に感じた。私自身は、親切というより、ややおせっかい、という感じがなきにしもあらずの性格でその癖はなかなか完全には抜けそうになかったが、同じ行動を昔ならいいこととして疑いもなくやったのに、夫にそう言われてからは、絶えず悪いことをしているのではないか、という恐れを抱きながら、やるようになった。しかし人間は一つの行動を自信をもってやるのもいいけれど、いつも疑念をもってするのも悪くない、と考えられたので、分裂したまま生来の癖も多少残して暮らしているのである。

朱門の賢明さと、いい加減さで、我が家は保たれていた

曽野綾子

私の家庭は、三浦朱門の賢明さかいい加減さかわからぬようなものによって保たれているという説がある。私の父と違って、私は夫がいらいらしているのを、あまり見たこ

とがない。彼によればそれはまだ小学校の時から習い覚えたインチキな精神分析のお蔭だというが、夫はいつも悠々と自分のやりたいように生きており、中学生のように幼稚でユーモラスである。しかしそれだから、我が家に苦労がないというわけでなく、私たちも人並な程度には、笑いながら重い生活を引きずって来た。深刻になってもつまらないから、できればふざけて切り抜けて来た。長い間私たちの家庭は、三浦の両親、私の実母、我々夫婦と息子という家族構成であった。今、息子は結婚して名古屋に住み、私の母が亡くなって、夫の両親は八十六歳と八十五歳である。二人は別棟に住んでいるが、食事は私たちの所で作って運んでいる。

夫婦の始まりについての認識

三浦朱門

夫婦の始まりは、まず自分と違うものに対して興味を持つか、警戒心を持つか、ということだと思うんです。特に異性というのは、自分とは違う部分がたくさんある。

男は、無責任に違うものには好奇心を持つ。一方で女性のほうは、妊娠や出産、育児などが待ち構えていますから、本能的に違うものに警戒心を持つ。違いに対する感覚が違うわけです。そこから結婚や恋愛は始まるのだ、というのが前提だと思いますね。

だからといって、過度に違いを意識する必要はない。まったく違う家庭環境で育った二人だから価値観が違う、かみあわない、だからうまくいかない、などということはありません。私たち夫婦の場合も、歩んできた道はまったく違ったのに、一緒に暮らす上で、それは問題にならなかった。

考えてみれば、そもそも価値観というのは、一人ひとり違うわけです。しかし、価値観が違っても社会を作ることはできるし、命がけで共に敵と戦うこともできる。つまり、価値観の違いというのは、一緒に暮らすことの妨げにはまったくならない。夫婦関係を考える上で、それはしっかり認識しておかないといけないですね。

母の盲愛にも限界が

三浦朱門

私は、母に盲愛されて育ったんです。小学校に入るまで、自分で服も着られなかったし、靴もはけなかった。最初の運動会の五〇メートル競争は、普通に二五メートル走ったら、ウサギの耳のついた鉢巻きを頭にしめて、あとは紐《ひも》で両足を縛ってピョンピョン跳んでいく、というものだったんですが、私は紐が自分で結べなかった。

今も覚えていますが、五歳か六歳のとき、寒い冬の夜に母と同じ布団に寝ていたんですが、オシッコに行きたくなってしまった。オシッコに行きたいけど、寒いから嫌だ、と母に言ったら、こう返されたんです。

「他のことは全部お母さんがやってあげるけど、オシッコだけはやってあげるわけにはいかないから、自分で行きなさい」と(笑)。

息子夫婦と、お互いに見えない距離にいるということのすばらしさ

曽野綾子

私の家では夫が「ボケて年取って時間ができたらヨメいびりでもするか」とかねがね言っていたので、私はそのとおりお嫁さんに伝えていた。ところが夫はもう八十歳を過

ぎて、十分に年をとったにもかかわらず、まだ嫁いびりを始めていない。その理由はお嫁さんがよくできた人だからなのだが、それ以外に納得の行く理由もあるはずである。

第一の理由は、息子夫婦と私たちは、遠く関西と東京に別れて住んでいるからである。いびるためには、物理的に手を伸ばせば爪で「引っかける」距離にいなければならない。東京が本拠の私たちが、息子の就職のとき、関西の大学だと知って許したのが悪い、という知恵者もいるが、当時息子は比較的若く結婚したので、とにかく就職の口を与えて頂けるだけで一家は深く感謝していたのである。

お互いに見えない距離にいるということはすばらしいことだ。見えなければ欠点も目につかないから腹も立たない。私自身がまず口が悪く、気が短いのだから、傍にいる人に与える災害を最低限で抑えるには、同居を避ける以外にない。それに息子の一家は「別の家庭」なのである。

「あちらはあちらで、何とかなさっているでしょう」という突き放した感じをもち続けることが大切である。

妻の作ったものを黙って食べる

曽野綾子

私は、「あなた、何が食べたいの？」と、時々、夫に聞きます。それで何か答えると、「あ、そう、じゃあ、それにするわね」と言って、たまにそれを作る。でも、それ以外の日は、いつも全部自分の食べたいものを作っています（笑）。材料がなかったとか、マーケットで売ってなかったとか、適当な言い訳を作ってね。それに気がつかないとだめですね。騙されちゃいけませんよ。

＊

私は、「女はいいなあ、得だなあ。一生、自分の食べたいものを毎晩作って食べられるんだから」と思っています（笑）。

私のように、ずっと夫を騙し続けて、自分の食べたいものを料理して食べ続けている幸福やら、苦々しさやらは、大した善でも悪でもないわけで、そう居直ればいいでしょう。立派なことでもないけど、大して恥ずべきことだとも思っていないんです。

❦ 老いの幸せを感じるとき、しおらしくなる

三浦朱門

親が亡くなったのは何歳だったたっけ、そうか、オレの今の年には母はもう死んでいたんだ。そしてオヤジは認知症で車椅子。オレはその点、まだ社会活動ができるだけでも、幸せと言うべきかな。そう思えば、朝起きて、お手伝いさんが来てくれる前に朝食をすます日課になっているから、その準備、といっても、サラダに自分の好みで味付けをしたり、コーヒーをいれたりする程度だが、こんなことができるのを幸せと思わなくっちゃ、としおらしい気持ちになれる。

年を取れば取るほど、家事のようなこともマメに手伝おうと思っている。

＊

曽野綾子

夫は家事を手伝うのを少しも嫌がらない。洗濯、皿洗い、何でもやる。毎日ではないが、必要なときはおもしろがってやる。ことに冷蔵庫の中にどんな残り物があるかを記憶することは一つの趣味である。うまくいけば女房のダラシナサを実証する種にもなる。

うまくいかなくても食べ物を古くしないで、うまいうちに消費できる。

「惚けないために音読や足し算なんかやることはないね。冷蔵庫の管理をすれば脳味噌はよくかき回せる」

しかし糠《ぬか》味噌をかき回すことはしていない。

朱門は生涯、私に自由を与えてくれた

曽野綾子

朱門は生涯にただの一度も、私がほかの人と付き合うのに、嫉妬のような感情を見せたことがない。「女房の妬くほど、亭主もてもせず」というのがあるが、その変形版で「亭主妬くほど、女房もてもせず」であることを知っていたのか、私に惚れるような男がいたとしたらよほど変人で、それは自分しかない、としょっていたのか、どちらかである。

だから私は、生涯自由に、男性の友達とどこへでも行けた。それが私が、取材の自由を得た最大の理由だった。同時に、私の周囲には、夫婦の友人として、口は極端に悪

かったが、常識はあり、羽目を外さない「紳士」だけが残った、と言うこともできる。私自身、自分の家庭を大切にできないような男性には、基本的に尊敬や興味を抱けなかったのである。

生きるための仕事がある

曽野綾子

最近私は朝ご飯の後で、すぐに野菜の始末をすることにした。お昼にもやしと豚肉の炒めものを作ろうと決めたら、朝飯の後でもやしのひげ根を夫にも手伝わせて取るのである。

夫は九十歳近くなるまで、もやしのひげ根など取ったことはなかったろう。ひげ根については、友人たちの間でも賛否両論があり、私は面倒くさいからそのまま炒める、という口だったが、週末だけわが家に手伝いに来てくれる九十二歳の婦人は、ひげ根は取るのと取らないのとでは、味に雲泥の差がつくという。

夫を巻き込んだのは、私の悪巧みである。私は常々、「人は体の動く限り、毎日、お爺《じい》さんは山へ芝刈りに、お婆《ばあ》さんは川に洗濯に行かねばなりません」と脅していた。運動能力を維持するためと、前歴が何であろうと――大学教授であろうと、社長であろうと、大臣であろうと――生きるための仕事は一人の人としてする、という慎ましさを失うと、魅力的な人間性まで喪失する、と思っているからだ。

三浦朱門とオンボロ下宿

曽野綾子

昭和二十六年十月、私は満二十歳になったばかりであった。私は新宿駅のホームのごみ箱の傍で三浦朱門に会い、そこから駒込蓬萊町（現・文京区向丘）にあった『新思潮』という同人雑誌の主催者の一人である荒本孝一氏のオンボロ下宿に連れて行かれた。ゴミ箱の傍で会ったのは、二人はまだ顔を知らなかったし、他に目印がなかったからであった。古い下宿は、玄関の正面に寄贈者の名前を記した大きな鏡がかかっていて、私は新派の舞台面みたいだと思った。

オンボロというのは決して誇張ではない。二階の荒本氏の部屋に行くには、ガラス戸も閉まらなくなった吹きさらしの廊下伝いである。下宿人の部屋と戸外とは障子一枚で仕切られているだけで、もちろん鍵などかからないのである。廊下には下宿人たちの生活必需品が並んでいた。長靴、七輪、炭俵、火をおこす時に使う破れ団扇などである。その廊下自体がもう腐りかけて根太が緩んでいたので、私は怖くて端の方を選んで歩いていた。

その日私はこの雑誌の創刊の立役者たちに会って、非公式に同人になることを許されたのだが、その日のことを三浦朱門は、侮蔑的に言う。

「何しろきれいな干菓子を持ってきたんだからな」

彼は私のお上品ぶりを嘲笑したのである。私の家は当時人並みに敗戦直後の日本の貧困の中にあったのだから、母がわざわざ高級な干菓子を買って私に持たせたとは考えられない。多分誰かからのもらいものだったのだろう。

たしかにこのオンボロ下宿と干菓子とは、あまり調和のいいものではなかった。私がその日もっともおもしろいと思ったのは、帰りがけに三浦朱門が私に、

「電話番号を書いて行ってくれますか？」

と言った時だった。

「どこへ書いたらいいんですか?」

と私は尋ねた。紙もエンピツも、もちろん番号簿らしいものも差し出されなかったからだった。代わりに荒本氏が指し示したのは下宿の部屋の壁だった。もう落書きみたいな書き込みがいっぱいあったのだが、私は近眼だったので、眼鏡をかけないとそれらの字は読みにくかった。しかし私は言われるままに壁に電話番号を書き、これは画期的な便利なやり方だと感じた。電話の度に番号簿を開けなければならないなんて、何と不自由なことだろう。ちらと壁に眼をやれば番号がわかるというのは、非常に合理的なやり方だった。それに番号を書いた紙をなくしてしまう恐れもない。私は将来、自分で家を建てることがあれば、ぜひこのやり方を採用しようと考えた。こうして従来の醇風美俗に逆らう姿勢に、反抗的な魅力を覚えるという性癖は、後年私がアフリカなどの途上国に行くようになった時、かなりの適応性を見せた結果に繋がるような気もする。

結婚相手は寛大な人と決めていた

曽野　もし結婚するなら、相手としては寛大な人がいい、と思っていました。母と私は、寛大ではない父に苦しみましたから。正反対の人がよかった。容姿はまったく問題にしませんでしたね。私は生まれつき強度の近眼なので、相手がよく見えないか、誰でも美男に見えるんです（笑）。

三浦　ちょうど小説を書き始めた頃、私が同人雑誌に書いたものを、臼井吉見《うすいよしみ》という評論家が褒めてくれたんです。それから数ヵ月経って、彼が再び褒めたのが彼女の小説だった。

彼女はまだ、聖心女子大に通う大学生だったんですが、所属していた同人雑誌がオジサンばかりだから、若い人のいる雑誌を紹介してほしいというので、臼井さんが彼女を私に紹介してくれたんです。

それで、新宿駅のホームで待ち合わせて会うことになった。でも、当時は中央線と山手線が同じホームで、大変な人でごったがえすんですね。それで思いついたのが、ホームのど真ん中にある、巨大なゴミ箱の前で待ち合わせることでした。ゴミ箱の周りは、半径三メートルくらい、人がいないんですよ。それなら確実に会えるだろうと。

だいたい小説を書く女なんていうのは、どうせブサイクに決まっている。だから、ゴミ箱と並べば少しはよく見えるだろう、なんて思ってね（笑）。それで、ゴミ箱と並んで立ってなさい、と手紙に書いたわけです。

曽野　ご配慮をありがとうございます（笑）。

三浦　私たちの同人誌仲間というのは、とんでもない連中ばかりだったんです。二人の女性と同棲している男とか、十も十五も年上の人妻で子どもがある人と駆け落ちした男とか。

彼女は当時、大学二年生で、私がそういう仲間への紹介者ということになるわけですね。となれば、アドバイスのひとつもしたくなる。

それで、「男のことで何かあったら、僕に相談したほうがいい」と言ったんです。そうしたら、彼女の母親に呼び出されまして。「それなら娘と結婚を前提におつきあいを」と言われた。

突き飛ばされた話

三浦朱門

「結婚を前提に」って言うから、じゃあキスぐらいしてもいいかなと思って、その日の別れ際にキスをしようと思ったら、突き飛ばされた（笑）。

「僕は嘘つきです」この一言が結婚を決意させた

曽野綾子

当時は、女を精神的にもてあそぶ不良青年がいたんですよ。今の不良青年は、つまらないことをしておまわりさんの世話になったりして、ちっとも面白くない。でも、当時の不良青年の遊びは、純粋に精神的にもてあそぶんです。肉体的に手は出さない。

女の子は傷つくけれど、それでもモテる。都会的な不良青年ですね。

この人は典型的な不良青年だと思っていました。ただ、よく「僕は働く人が嫌いです」とか「努力が嫌いです」と言っていたんです。ああ、この人と結婚したら好きなことをしていればいいんだ、ラクでいいや、と思いました（笑）。

私が結婚を決意したのは、この人が「僕は嘘つきです」と言ったからなんです。この言葉は実に微妙で、もしその言葉が本当なら嘘つきだし、嘘なら、やはり嘘つきになる。

そういう精神のひだを持つ人ならいいと思ったんです。花束を贈ってくれたとか、そんなことではなくて、その一言で決めた。

素敵な人より本当のことを言う人がいい

曽野綾子

当時、不良青年のことを「イカレポンチ」と言ってましたが、彼は本当に軟派青年でした。言葉が全部常識はずれ。ただ、ダンスがうまいとか、クラシックの音楽会に連れていってくれるとか、そういう素敵な青年ではない。

聖心女子大の同級生たちは慶応大学の男の子が好きでした。野暮《やぼ》ではなかったから。車が運転できるしダンスにも誘ってくれる。私もそういう素敵な青年をいっぱい見たけれど、つきあっていると疲れてしまう。私が野暮だったんでしょうね。

当時、伯母が一所懸命になってくれてお金持ちの家の息子さんとお見合いもしました。でも、大きなお宅に行ってみると階段が三つ、トイレは四つある。そんな家を一人で掃除するのか、これはダメだと思った。私はお金持ちの生活に向いていない。

朱門は性来寛大なんです。いいかげんだから相手もどうだっていい。朗らかで文句を言わない。私は父の機嫌を悪くしないよう毎日恐れながら暮らしてきたから、とにかく寛大な人ならいいと思っていたんですね。

彼が助教授になって月給がもらえるようになったので、一九五三年十月、大学四年のときに結婚しました。二十二歳でした。

『新思潮』の仲間は「あいつとだけは結婚するな」と言っていたけれど、私は素敵な人より、本当のことを言う人がいいと思っていた。お陰様で、今でも毎日、笑っていられます。

私たちの結婚はたぶん成功した

曽野綾子

夫の三浦朱門と私とは当時、同じ同人雑誌にいた。あれほど皆が、くずれた世界だと言っていたのに、同人雑誌の仲間たちは、皆不良ではあったが決して無頼な人々ではなかった。三浦は日本大学の講師でまだ生活のめどは立たず、私も学生のうちに、我々は婚約だけはすることになった。三浦が大学の助教授になった年に、私たちは一応人並に結婚式をあげることにしたが、私は父が当日になって必ず今日の式はやらないと言うに違いない、そのような非常識な話を婚約者にわからせるにはどうしたらいいか、などということばかり、ずっと重苦しく感じていた。

それから約三十年が経ってしまった。結婚生活の形態は他の家庭と或る意味では比べようがない。なぜなら、我々はよその家庭の本当の姿を知る由がないし、夫婦の安定は、当事者二人だけが作るものであって、常識とか、比較とかは無意味だと言うこともできる。私たちは、二人とも作家になり、私は家の妻としてはまことに変格的な暮らしをするようになった。

しかし——私はあえて宣伝も謙遜もしないつもりだが——私たちの結婚は多分成功したのである。多分、というのは、私たちの未来はわからないからである。明日にも私たちの結婚は破局に陥るかもしれないが、今日までのところ、私たちは曲りなりに、私たちらしい結婚生活を送って来たとは言える。

シツケと資質の問題

三浦朱門

私の母は甘い母親だったから、私がご飯をこぼすと、

「どういうわけかしらねえ、ご飯がトン（朱門の愛称）に食べられるのをイヤがっているみたい」

と言って笑った。いくら幼くとも、ご飯に意志があるなどとは思わない。そういう形で母がたしなめているのだ、ということくらいはわかる。それで、一層、ご飯が私に食べられるのをイヤがらないように努力しよう、と決心したのである。

しかし、そういう私の不器用さは今でも残っていて、やはり食事の時にこぼすし、歯

を磨けば、歯磨粉が口のまわりから、時には耳にまでつくし、シャツの胸、腹まで汚すことがある。

「どういうわけだろう」

と秘書たちに聞いても、彼女らは笑うだけである。多分、私は一生、食べ物をこぼすし、歯を磨けば、洗面台はもちろん、顔もシャツも時にはズボンまで白く汚すことだろう。これは親のシツケの問題ではない。私の資質の問題なのである。

たとえば秘書たちも一緒に昼食をとるのだが、私はよく食べ物を床にこぼし、もったいないからそれを拾って食べる。そういった行為を、秘書たちは私が彼女らのスカートの奥をのぞくためだ、などとは疑わない。

私のそういう点での幼さの故に、彼女らは安心しているのであろう。

私たちは権力者にいつも距離をおいていた

曽野綾子

私たち夫婦の好みがすんなりと子供に生きたか、というと決してそんなことはない。

第一、夫と私とでは、教育の方法に関して好みが全く違った。私は子供の時、歪《ゆが》んだ生活を送っていたから、苦悩が自分を鍛えたことを感じていた。それに比べて夫は慎ましくはあったが、すんなりとした知的な家庭に育ったので、私のような悲壮なところはいささかもなく、どちらかというと子供にもいやなことはさせない主義だった。そして私は子供が男の子だったので、夫の教育の趣味に合わせることにした。

どんなに近寄っていようと、幸いなことに基本のところで私たち夫婦は人生の生き方に対する好みが一致していたのだ。

その一つは権力にすり寄るということをしないことだった。権力者とは、私たちはいつも距離をおくことにしていた。

何しろ先方は実業に忙しい方たちだが、私たちは文学などという虚業に生きている閑《ひま》人《じん》だったのである。たとえどんなに書かねばならない原稿が多くても、私たちは閑人として人生を生きていると感じていた。

晩年の良さは、それほど長く生きていかなくて済むことだ

曽野綾子

晩年の良さはむしろ、もうどんなにひどい世の中になっても、それほど長く生きていなくて済む、ということなのだ。

私は時々夫に「昔もこんなにひどかった？」というような聞き方をすることがある。私は記憶が悪くて終戦前のことなんかもうほとんど覚えてもいないのに、五歳半年上の夫は非常にもの覚えのいい人で、小学校六年生くらいから、もう精神分析のことも、刑法のことも、大東亜戦争の経過のことも、アメリカの映画のことも、貧しい暮らしのことも何もかもよく覚えていたからである。

しかし夫はいつでもおもしろそうに「ああ、そうだよ。問題がなかったことなんてないさ」と答えるのである。

人生という舞台に想うこと

曽野綾子

私が結婚して作った家庭は全く別なものであった。一言で言うと「人生を客観的に見る」ということがその特徴であり、一面では自由放任の悪いところも持っていた。人生という舞台には、さまざまな人が登場する。私も、私の家族もその一人である。それらの登場人物は当然のことながら、失敗もすれば、嘲笑《ちょうしょう》の対象にもなる。自分の子供にしても、なかなか個性的でいいところと、とんだでたらめなところとがある。

私たち夫婦はよく自分の失敗を語った。それでよく笑った。

第六章

老いの一徹

求む、六十五歳以上若い妻、当方はあと三年で死ぬ予定

三浦朱門

よく冗談で、こんなことを言ってきたんですよ。女房が先に死んだら、新聞広告を出そうと。「求む、当方より六五歳以上若い妻、洋服作り放題、当方はあと三年で死ぬ予定」と（笑）。

配偶者が死んだとき、第一の人生が終わるんです。でも、第二の人生は三年しかない（笑）。事実上、第二の人生なんてないということです。

私たちは二〇一三年一〇月で結婚六〇年になった。親に死に別れたのが、六〇代の前半でした。子どもの頃の二、三年は記憶がないし、親とは別居していた期間もある。つまり、結婚生活と親との生活を比べると、結婚生活のほうが長いわけです。夫婦は赤の他人であるのに。となれば、やはり妻は自分の生活の大きな一要素であることは間違いない。だから、自分の死だけでなく、配偶者の死もちゃんと考えておかないといけない。

私がいなくなると、妻が悪口を心おきなく言える相手がいなくなってしまうから、今は彼女を看取るのが、私の役目だと思っているんですけどね。

夫婦は共通のものを育てながら、同時に違うものを発見し、それを相手に強制するのではなくて、違うものをしかたなくお互い認めあいながら、自分でやっていくよりしょうがないんです。

曽野綾子

＊

毎日が想定外、生きることは面白い

三浦　でも、毎日毎日、想定外のことがあるから、生きることは面白い。昨日と今日がまったく同じだったら、退屈極まりないでしょうね。昨日と今日は違う。昨日、想定したことが今日、起こらないから、人生は面白いんです。

曽野　そして、それが毎日の面白い会話になるわけね。想定外にぼやいていたり、嘆いてみたり。不実で不純なものも含めて、私は人生を愛していますから。どうして見抜けなかったのか、という自分も（笑）。

最も深い人間関係が〝夫婦〟

三浦朱門

人間関係というものは、範囲は狭いし、また月日のたつにつれて、変わっていくものである。その点、配偶者というものは、昼も夜も生活を共にしている。従って、生まれも育ちも違う配偶者と、私の場合六十年以上も深い関係をもってきた。今となっては、私を生んでくれた両親よりも深く長い関係をもった人間ということになる。配偶者というものは、なまじっかな肉親よりも身近な存在である。私は時折、配偶者の顔を眺めて、私はなぜこんなバアサンと何十年も生きてきたのだろうと、縁というものの不思議さを感ずることがある。

配偶者のほうも、私に対しては肉親以上の関係だと思うらしく、私が何か気に入らないことをすると、親兄弟には言わないであろう言葉で私を罵ったりする。私は腹の立つこともあるけれども、これがつまり夫婦というものであり、結局は最も身近な人間なのだ、と考えれば腹も立たないし、素直に謝ることだってできる。そう考えれば、あらゆる人間関係の中で夫婦というものは、最も深い人間関係になれるということであろう。

離婚してしまうということは、そういう貴重な人間関係を壊してしまうことで、私はどんなことがあっても今の配偶者と別れる気持ちにはならないだろう。

朱門「この土地に住むとみんな長生きする」

曽野綾子

姑《しゅうとめ》は八十九歳、舅《しゅうと》は九十二歳で、「病院は嫌だ」と家で亡くなりました。朱門も「この土地に住むとみんな長生きする。猫まで二十二年も生きたし」と言うんです。東京一不器量なボタという名の猫を彼はかわいがっていました。お尻がボタッと格好が悪かったのでそういう名前なんです。

老世代が長生きしたので、五十歳くらいのとき老後の計画としてあれこれ考えていたことは途中で一切やめにした、と朱門は笑っていました。

夫の金は私のもの、私の金も私のもの

曽野綾子

作家としての夫婦の収入についても、問題はまったく起きませんでした。第一の理由は三浦朱門がお金をまったく使わなくていい性格の人でしたから。私はもっとはっきりしているんです。

「夫の金は私のもの、私の金も私のもの」と思っていましたから、つまり全部私のものだと思っていましたから、問題が起きなかったんです。

ある新聞記者がインタビューに来て私の答えを「夫の金は夫のもの、私の金も夫のもの」と間違って書いたんです。ヤボな話ですね。まったくニュアンスが逆ですからがっくりしてしまいました。

夫婦生活を地獄にしない方法がある

三浦　我慢して相手を認めなければならないこともありますよね。私は朝、暗いうちに

起きて窓を開けて空気を入れ換えるんですが、その窓の手前に彼女が植物を並べている。これが邪魔で、放り投げてやろうかといつも思うんですが、これやるとまたケンカになるから、この際、我慢しようかと（笑）。

曽野　「これくらい我慢しよう」というのが、寛大さですね。そのくらいがいいんです、お互いに。無理しなくてもいいんですよ。いい加減に、相手の目をくらましながら生きていくのが、私は好きですね。寛大がイコール愛と言ってもいいくらい。

寛大さは必要です。寛大さがなかったら、夫婦生活、結婚生活は地獄になります。思う通りにいかないことを笑って楽しむような空気がないと、いたたまれないでしょう。

三浦　共通の理解があればいいんです。夫の言い分、妻の言い分なんてことがよく言われますが、そんなものはきりがない。夫に従うか、妻に従うか、ということも同様。

当人は相手に従っているつもりでも、実は相手から見ると、従ってくれていないじゃないか、ということになるかもしれないし。妻も夫も、こっちの言い分なんて聞いてくれないし、こっちも言ってもしょうがない、ということを最初から理解しておくことが大事なんです。

曽野綾子理髪店

三浦朱門

現在、私の髪を刈るのは曽野綾子である。彼女は庭木の手入れのついでに、私の髪を刈る。理髪店のようにキレイに刈らないのがいい。素人の悲しさというか、コワイ物知らずというか、理髪用の鋏と梳き鋏で髪を処理してくれるのだが、仕上がりは、理髪店のようなスタイルなど望むべくもない。

まあ、普通、理髪店に行って一カ月もたつと、頭の部分によって、延びる部分、退化する部分があるせいか、大概はボサボサになるが、曽野が刈った私の頭は最初からボサボサである。私はそれで満足である。勿論、それはホワイトタイのような礼装には相応しくないから、そういう時は髪油でゴマかさねばならないにしても、そんなことは年に何度もある訳ではない。日常生活では、とにかく、目立たないのがよい。

理髪店に行きたてだと、たとえば、髭もキレイに剃っておかねば、顔の上と下との釣り合いがとれない。しかし曽野の刈った髪は、無精髭が生えていても不自然ではない。私は近年、白髪が増えてきた。白髪はまず髭の部分から白い毛が混じり、それが次第にはい上がってきて、揉み上げが白くなり、ついには頭髪の生え際が白くなった。

生え際を一通り白くすると、次に、それは奥地に侵入してゆき、同時に白くした部分の頭髪を脱落させ、その部分が冬の白樺林のように、風通しのよくなるというか、額を広くする結果になる。この状態では、理髪店から帰りたてでは、頭髪の老化が目立つに違いない。その意味でも、曽野の理髪は頭の普段着、といったところがあるのがよい。

第一、そういう頭だと、頭の白髪が多くなったことも手伝って、髭を剃らなくとも、目立たないのがいい。それで、私は背広を着て会議に出る場合などを除いて、なるべく髭を剃らないようにしている。面倒、ということもあるが、何よりも、毎日、髭を剃るのは顎の皮膚に悪い。後にクリームをつけてもヒリヒリする。だから私は曽野の理髪はヘタクソであるが故に、気にいっているのである。

人の生涯は重厚な小説である

曽野綾子

出歩くと世間がよく見える、というのはほんとうです。視点が複数になると見えるのも違います。私は作家として、町や人の暮らしを見るのが好きです。世間はいつもドラマに溢れた場所ですから。昔から駅で列車を待つのも平気でした。普通は苛々するものらしいのですが、駅のベンチで前を通る人を眺めていると、長編小説と短編小説が過ぎて行くように思ったものです。老人は長編小説。子供は短編小説というわけでもありませんけれど、人を見ながら、私はあれこれ想像するのです。するとどんな生涯も、たまらなく重厚なものに思えます。人間を大切に思う気持ちの基本ですね。

あなたは私よりずっと足の機能がよくて、毎日、渋谷まで電車ででかけて、本屋さん通いをするだけでなく、精神的「不良老年」もしに行っているらしいのはけっこうなことです。帰って来て、うちで独断的風俗時評をしているのを聞くと、皆笑いころげていますから。

＊

三浦朱門

第二の人生を生きるときに大事なのは、「第一の人生」をいつまでも引きずらないことですね。第一の人生というのは、わかりやすくいえば、会社勤めであり、仕事や地位のこと。でも、それは定年とともに、すべてがいったんゼロになるんです。

子育てだってそうです。六〇歳、七〇歳になれば、子どもたちは三〇代、四〇代。気に掛けるのはかまいませんが、何かあっても、正直、年寄りに何かができるわけではない。そのくらい、割り切ったほうがいい。

老人になることのメリットは、今の自分の状態に合わせて生きればいい、ということですね。誰かと競争する必要もないんです。年齢だって、基準にしないほうがいい。体力などは年をとるほど、より個人差が大きくなります。七〇歳だから、八〇歳だからと考えても、あまり意味がない。

いつどうやって死がやって来るか考える

三浦朱門

私の未来は、いつ、どうやって死がやって来るかを考えるのが仕事になっている。しかしこういう問題しか未来にない、というのは恵まれた老人であろう。世間には死ぬどころか生きることにも精一杯の老人が多いのだから。

自分の適切な睡眠時間を知る

三浦朱門

もっとも、睡眠時間については、老いたせいか、それなりの変化ができた。午後の九時にはじまる、人殺しの二時間ドラマを見ているつもりで、ふと、気がつくと雛壇のようなところで、ミニスカートのネエチャンたちが何やら笑いさざめきながら、はしゃいでいる。

「これは一体、どうしたことか」

と思うのだが、それは私が、人殺しドラマを見ているつもりで寝こんだのである。改めてテレビを消して寝にかかる。眠れない時は睡眠剤を飲む。それでも、朝は四時から五時の間に目が覚めるから、新聞を取りにゆき、英字新聞を含めて四紙に目を通す。それでやっと、六時半ころになるから、起きて朝食の準備の手伝いをする。本格的な睡眠時間は五時間ほどだが、それ以前のうたた寝の時間をいれると、やはり六時間半程度は眠っているのだろう。

これはこれで、九十歳にあと、一年と少しという老人にとっては、健康で適切な睡眠時間だと思っているが、間違っているだろうか。

生涯を三つに分けて考える

三浦朱門

私は後、四カ月ほどで九十歳になる。日本の男の平均寿命は八十歳ほどとされているから、まず長生きのクチと言えよう。

自分の生涯を振り返ってみて、大体、三つの段階に分けられそうに思う。

最初の三十年は成長の時代。第二の三十年は責任者の時代。そして最後の三十年は死を身近に感ずる時代。

当人には、さして悲壮感はなかったが、考えようによっては大変な時代だった最初の三十年は、大日本帝国が日本国に生まれ変わった時代だったのだ。第二次世界大戦という世界的変動を体験し、その間多くの人が悲劇的な死を遂げた。私の同級生でも、戦場で命を失った者が二人いる。

次の三十年は、日本国の成長の時代で、高度成長と言われる社会的、経済的変動があったし、私の人生においてもその中頃で教員を辞めたり、公務に就くようになったり、かなり慌ただしい三十年であったと思う。

それ以後の私の三十年は、平穏というか世界的に見ても恵まれた老後を送りつつある、と言ってよかろう。とにかく、もう働いていないとは言え、不足の言えないような収入があるし、家族関係においても問題がないとは言えないけれども、日常の生活を維持することができないような人たちが多数いることを考えれば、子も孫もそれなりの生活をしていることを感謝すべきであろう。息子は病弱とは言え、当人も家族も安心できるような職業を持っているし、たった一人の孫は英国留学中である。私の妻も一応健康だし、八十を過ぎたのになお働き続けて、結構な収入を得ている。

*

曽野綾子

私たちの共同生活が続いたのは、多分に「家庭内別居」の部分が多かったからだ、という面もある。私たちはよく喋る夫婦で、私は外へ出て起きたあらゆることを、事細かに喋る癖があったが、体験を共有していたわけではない。中年以降、朱門は外国へ行くことをあまり好まず、私はアフリカに深入りした。朱門はアフリカ大陸北部のマグレブ以外、つまりサハラ以南のアフリカには一切行っていない。私たちは、だから相手が自分に冷たいのだ、という風には思わなかったし、一人の独立した作家であるお互いの決めたことをやめさせようと思わなかった。だから私はかなり情勢のよくない国にも行き、危ない飛行機にも乗った。出発直前に大統領が殺され、戒厳令が出たりすると、朱門は冷静に、「却ってよかったね。これで発砲事件やコソ泥も減る」と言ってくれた。彼は私が取材のためにお金を使うことを妨げたこともなかった。

挫折、不幸、愛する人との別れがその人に生きる力を与える

曽野綾子

結婚生活の不満を病気に逃げ込むことでごまかす妻はかなり多い。そしてそれほど多くはないが、自分の社会との不適合を、これまた半分人為的に体を壊すことで病気という口実を作り、それに逃げ込む夫もけっこういる。

さしたる理由もなく病気がちな妻は、多くの場合、生きる目標を持てなくなっている人々である。通常人間は、ほっておいても生きる目的を持つものである。その目標はさまざまである。金、出世、家を持つこと、というような現実的なものから、ヒマラヤに登りたい、詩吟の日本一になりたい、バラの新しい品種を作りたい、というようなものまである。そんな大きな望みではなく、孫の花嫁姿を見たい、金婚式に「お父さん」と二人でハワイに行きたい、というような自然なすばらしい目標を持つ人も多い。

失意、不運、喪失などが病気の原因になることも一面の事実だが、同時に挫折、不幸、愛する人との別れなどが、却ってその人に生きる力を与える場合もある。何不自由ないのに、鬱病にかかって、生きる意欲を失っているという人は、むしろ何不自由ないから、

生きる意欲を失うのである。「妻には充分にお小遣いも自由も与えております。子供たちもまともに育っています。家もあります。それでも彼女は不幸だというのです。夫としての私はどうしたらいいのですか」という夫の気持もよくわかるが、こういう妻は、むしろ夫の会社が倒産でもすれば、共に運命をしょって立ち、何不自由無い境涯よりはいきいきとするかもしれないのである。

もちろん、手形に追われる夫を見ている妻は、こういう生活だけは二度としたくない、と思い、何の不自由も不安もないよその妻の生活を心から羨むのである。そしてこのような現世の姿は、常に矛盾に満ちた人間の根源的な姿を表している。

何もかも、むりすることはない

曽野綾子

忘れたらいけない、と思うことが夫はいけない、というのである。忘れる時というのはそれなりの必然がどこかにあるから忘れるのだ、という。このことは私にとってはちょっとした恐怖の的であった。私の留守にかかって来る電話を夫がとることはよくある。すると相手は「ご主人さま」がでてくださったのだから、間違いないと思って、こまごましたことづけをする。夫はそれをにこやかに「ハイハイ」と聞いてはいるが、それを私に伝えるということはほとんどしなかった。

「どうして伝えてくれなかったのよ」

と言うと、

「あ、忘れた」

と言うのである。

彼の理屈によると、この世で、三カ月経っても憶えていなければならないようなことは、めったにない。だからたいていのことは忘れてかまわないのだ、というのである。私は初めは怒って喧嘩し、そのうちに諦めの心境に達した。夫婦の間の総てのことは、離婚するか、諦めるかするほかはない。私は知る限りの人に「うちのお父さんは、精薄ぎみですから伝言は一切しないでください」と言いふらすことにした。

もっとも私はただ引いたのではなかった。三カ月経ったらいらなくなることは憶えていなくていいのだ、などというのは、一種の我儘である。会社勤めをしたら、そんな言

い方をしていて、済むわけがない。私はそういって相手を攻撃した。すると夫は、

「だから、してないじゃないか」

とおかしそうに笑った。

夫が言うのは、何もかもむりすることはないということであった。小説の連載は、もちろん続けた方がいいが、続けられなくなったって雑誌がつぶれるわけではない。中断というのは、小さな迷惑だが、大きな損失を相手に与えるわけでもない。

努力を全くしないのではないが、義理などというものは時によりけりである。義理でやることは、自然さが欠けるから美しくないし、それは人生を切り売りすることである。それにそういう気持ちからしか付き合わない人たちというのは、人間を功利で考えているのだから、そういう人たちとは今後仲よくなっても仕方がないのではないか、という論理である。

「僕は努力している人間ってのが、好きじゃないんだから、しようがないじゃないか」

失ってこそ、自分を完成できる人もいる

曽野綾子

私が中年にだんだん視力がなくなりかけていた頃、夫は私に「そんなにやってると、今に眼が見えなくなるぞ」と言った。すると私は「見えなくなると思うから、今のうちに書いておくの」と答えた、というのである。私はこのような会話を全く記憶していないのだが、その頃、やはり私の状態を心配してくれた友人に夫は「仕方がないから、やりたいようにさせてるんですよ」と言ったというのである。

これを聞いた一人の人は、私が夫を困らせて見捨てられているのだと言った。そうかもしれないな、と私は思った。夫の予言はその通りになり、一時、矯正してもやっと〇・三しか視力がなくなった私は、作家になって二十六年目に、初めて二年間の休筆期間に入った。

＊

その間に、私は一生見えなくなった場合の生活をあれこれと考えた。夫はそのような結果になったことを少しもとがめなかった。盲目になればなったで、その人らしい生き

方がある、と彼は言った。眼が開いていたって、どうしたら自分らしく生きて行けるかわからない人もたくさんいることを思えば、盲目になったほうが、自分を完成できる人もいる、ということであったろう。

夫は私がコントロールの悪い性格で、眼をつぶすかもしれないような愚行をする人間だと、初めから知っていたのである。そして人間の愚かさというものは、死ぬまでなおらないこともわかっていたのだと思う。それらのことは、もはや如何ともしがたいものであった。この地球上には、それに類似したのっぴきならない運命が満ち満ちている。だから、女房にもそれ以上のことは望み得ない。

私は生まれつきの強度の近視があったおかげもあって、やがて手術を受け、生まれてこの方持ったことのない視力を取り戻した。整理して言えばそれだけのことである。しかしその間に、私は諦められている優しさと恐ろしさを充分に感じた。

自分の少女時代に寛大でない父と暮らしたせいか、私はその夫の「冷たさ」というものを少しもひどいとは思わなかった。聖書など読まない前から、夫婦をつないで行く最初で最後のものは「寛大」ではないかと子供心に思い込んでいたが、その印象は今でも変わらない。冷たい寛大でも温かい寛大でも、寛大にあつかわれると、私はおろおろと尻尾をふっている犬になったような気がするのである。

何故、我が家では妻が仕事を持つことが当り前なのか？

曽野綾子

何故、我が家では妻が仕事を持つことを認めたのか。私は結婚前から既に職業作家だということもなかった。文学少女で小説家になりたいとは思っていたが、そんな夢のようなことが実現するとも信じてはいなかった。だから夫は結婚前から私が小説書きになることを覚悟していたわけでもない。ただ幸運もあって、私の希望は叶えられた。「女房の希望を妨げるとおっかないですからね」と夫は言いそうであった。私は運命というものに対しては、流されていないと、大きくしっぺ返しをされることが多いような気がしている。運命というものに対しては、どう考えても、「一生懸命流される」ほかはないと思う。だから私としては小説家になれたことを感謝すると同時に、それに伴うマイナスがあることくらいは当然夫もわかるだろうと思ってきたのである。

しかし今考えてみると、夫はもっと不純な考えで私がもの書くことを承認してきたのではないかと思う。それは夫婦というものは死別であれ、離婚であれ、いつ別に暮らさねばならないようになるかわからないということである。つまり彼は私が現実問題として一人でも収入があって生きられるようになっておく方がいいと思いもしたろうし、そんな金銭的なことだけではなく、私が夫だけが頼りなどという、美しいけれど弱々しい人生ではなく、家族からも、社会からも、抽象的な世界からも、あるいは他人からも、万遍なく、願わしいこと願わしくないことさまざまな影響を受けて暮らすことに慣れた、自然なバランスのとれた人間として生きられないと困ると思ったのかもしれない。

自分の人生で何がすばらしかったかを考える

曽野綾子

私は三十代から時々、自分の人生で何がすばらしかったかを考えることにしている。これはいつ死んでも思い残しがないようにしておこうという小心さの結果だが、楽しかったことを考えようとすると、決まって真先に私は友人や家族間で交わされた会話を思いだすのである。

そのような会話の中では、私は自分をよく見せるために飾る必要もなかった。人間にはどんな弱さも醜さもあるということが底の底までわかっている人たちだけとだから、ただ心の隅から隅までを丹念に掘り起こしていけばよかった。このような贅沢さと温かさというものは、やはり世の中でそうそう簡単に手にいれられるものではない。私は本当に語って語って語り尽くして死ねそうである。

神父さまもカケにのめり込んだ⁉

曽野綾子

或る年、巡礼参加者たちが、その年に開く「同窓会」でモーターボートの競走場へ行ってみたいという。私は着任後、全国で二十四カ所もあるモーターボート競走場にご挨拶には行ったが、まだ自分で舟券を買ったことはなかった。

バス二台分の参加者は、一応日本財団に集まり、そこから平和島に向かった。その移動用のバスは、私が代金を支払った。バスの中で日本財団の職員が、券の買い方を教えてくれた。その間に、私は夫の三浦朱門から預かった三万円の入った封筒をこっそり神父に渡した。

「朱門からです。今日の舟券はこれでお買いください。神父さまは教会のお金を賭け事に使ってはいけません。ですから、使えるお金は封筒の中の三万円だけです。しかしこのお金は、賭けのために差し上げるのですから、残して他のいいことになんか使わないでください、だそうです」

「わかった、わかった」

と神父は笑った。しかし皆が驚いたのは、坂谷神父が実に真剣に、場内でもらう新聞に目を通し、戦略を練って、舟券を買ったことだった。午後一時半になると、私は神父に言った。

「神父さま、時間です」

私は臨終《りんじゅう》の床にいる親友のために、坂谷神父にご聖体を持って、聖路加《せいろか》病院に行っていただくことを頼んであった。そしてその瞬間に、今まで真剣にレースの成り行きを見ていた坂谷豊光神父の顔を覆っていたモーターボートマニア風の表情が消えた。車に乗り込んで、二人だけになったところで、私は尋ねた。

「それで神父さま、儲かりました?」

「八万円儲けた」

「三万円の元手で?」

私は呆れた。

「そう。朱門さんによくお礼言っておいて。実は修道院の樋《とい》がだめになっていて、ちょうど修理代に八万円が必要だったのよ。それが出ましたって」

平凡な女房、母であればいいとして生きた

曽野綾子

少なくとも、私たちは仲の良い夫婦だが二人で生活の重苦しさに暗たんとしたことは何度でもあった。私はそのひとつ一つの場合を、明瞭に切り取って覚えている。

私は長い間、不眠症になり、その挙句に、夫に連れられて神経科のお医者さまのところへ行ったこともあった。私はものを喋れなくなっていた。何か言ったり説明したりし

ようとする前に、答えが十にも二十にも分裂し、その又裏が見えるように思えて、私は黙り込むのだった。

私は弱い妻であった。私はことに人間関係の重圧にすぐへこたれる。私は、夫も子供も捨ててどこかへ消えたいと思った。

しかし、そのとき、私は夫と息子に支えられ、最低のところ二人のためだけに、明るいのんきな女になっていなければならない、と考えた。偉くなくてもいい。平凡な女房であり、母であればいい。

私は数か年かかって、元へ戻った。私はときどき激しく泣いたが、その他はさけびも、暴れもしなかった。そして私は又、再び健康になった。

防波堤のような相手が少しずつ消えるのが老年の寂しさ

曽野綾子

夫は昔から瞬間的に素早く、危険な言辞を弄《ろう》する癖はあったが、その「才能」は年と共に更に素早くなった。

「××さんは若い時はきれいだった」

と夫は私に言ったことがあった。

「ああいうのを元美女と言うんだ」

「ずいぶん失礼な言い方じゃないの」

「元美女が悪いなら、元々美女だと言えばいいんだ」

つまり、ほんとうは夫にとって、やはりその人は常に美女なのである。只少し年を取ったというだけのことで、それは自然の移り変わりである。

今は口先だけで悪事や不道徳の話をしても、すぐ世間に糾弾される時代になった。「殺してやりたいわよ」と言いながら笑って誰かの話をする時、私の小説の中では「殺してやりたい人」はかなり好意的に描かれているはずである。こういう屈折した笑いを含む会話がもう通じなくなったのは、やはり世間全般が幼くなったからであろう。

夫婦や家族の会話はその点、安全地帯の中にいる。どんな表現にも過剰反応しないのが普通の家族である。だから安心して喋れる。そうした防波堤のような相手が、少しずつ身の廻りから消えるのが、晩年・老年というものの寂しさなのである。

万引き老人にならないでください

曽野綾子

そんなふうになっても、朱門は毎日、本屋に行きたがった。よろよろでも一人で行く、と言い張る日もあれば、「駅前まで車で送ってよ」と言う日もあった。毎日という頻度がむしろ異常だった。

しかし私はすべて彼の望むようにさせることにした。

歩き方のおかしい老人を、どうしてあの家族は一人で歩かせるのだろう、と世間は思うかもしれないが、朱門にすれば、一人でまだ駅前の本屋まで辿り着くことは、好みの暮らしをすることの証だった。だから途中で転ぼうが、最悪の場合、車に轢かれようが、それも彼の選んだ生き方なのだ、と私は思うことにした。しかし私は彼に、

「本代だけはちゃんと払って来てくださいよ。万引老人だと言って、警察に突き出されても、引き取りには行きませんからね」

と言うことにしていたが、本の値段は大体のところ狂っていなかったし、お金もきちんと払って来ているようだった。私はわざと本屋の帰りに、同じビルの中にあるスー

パーで小さな買い物を頼むこともあった。転ぶと被害が大きい卵のようなものではなく、パンとか薄揚げのような軽いものなら、持ち運びも楽で、彼も自分が生活の役に立っているということを喜んでいる風で、そうした買い物におかしなところはなかった。

いい女房と呼ばれたくなかった

曽野綾子

私は昔から「かいがいしい妻」とは正反対の悪い性格だったから、食事の時、コーヒーカップにスプーンをつけ忘れていても、すぐに立って取ってくることはしなかった。自然に夫は自分で立って取りに行くようになった。そして八十歳を過ぎた頃には、「人にものを頼まない方がいいな。僕が自分でスプーンを取りに行けば、それで行きに四歩帰りに四歩、合計八歩は余計に歩くことになる。長い年月には、それだけでも歩く距離が増える。いい運動だ」と言うようになった。私はそれを嫌みとは聞かなかった。事実そうだったし、ここでいい女房に変身すれば、長年培ってきた悪評という特徴と、楽に生きる方法を失うことになる。

私なりに自分の死が見えてきた。別に恐ろしくない

三浦朱門

昔風に数え年で言えば、九十歳である。それで電車で本屋や食料品店に買い物に行くことが、あまり苦にならないどころか、三日、本屋に行かないと落ちつかないくらいだから、まだ元気なクチだろう。

そうはいっても、私なりに自分の死が見えてきた。それは、絵にかけば、明るい洞窟で、私はそれを奥へ奥へと歩いて行くのだが、洞窟は先すぼまりになって行き止まりが見える。

それでもどこからともなく光が射して明るいし、その行き止まりが私の死だということは納得しているが、そこに行きつくことが、別に恐ろしくもない。強いて言えば、私が死ねば、女房の曽野綾子は、口汚く罵る対象がいなくなって、物足りなく思うだろうが、その不満も精々で数年のことであろう。

若い人に言って置きたい。

死が恐ろしいのは、まだ、その人の人生に未来があるからで、生きていても、世のた

め、人のため、殊《こと》に自分のため、することがあまりなくなると、死はそれほど恐ろしいものではない。

第七章

死に添う

よき人々の存在に包まれた死

曽野綾子

たくさんの人たちの配慮に包まれて、夫はこの世を去った。口も態度も悪い人だったから、改めて感謝もしなかっただろうけれど、彼の生涯が平穏そのもので明るかったのは、よき人々の存在に包まれていたからである。

死の朝の透明な気配を私は忘れない。私は前夜から病室に泊まっていたが、夜明けと共に起き出してモニターの血圧計を眺めた。何度も危険な限界まで血圧が下がっていたが、その朝は六十三はあって呼吸も安定していた。朝陽が登り始め、死はその直後だった。病室は十六階だった。西南の空にくっきりと雪をかぶった富士が透明に輝いており、自動車も通勤時間に合わせて律儀に走り回っていた。それが夫の旅立ちの朝であった。

死の時を受け入れる

三浦朱門

しかし、死というものは、誰にも平等に訪れるものではあるが、その時というのは、全く予言できるものではない。その時は明日かもしれないし、半世紀後かもしれない。

だから生きている限り、つまり死ぬまで、いつまでも生きるもの、という前提で、しかもいつ死ぬかわからないという暗黙の了解の下に生きる。それが一歳の赤子でも、九十歳の老人でも、平等な生死の条件ということになろう。

お互いが「少し幸せでいてくれたらいい」と考えて生きてきた

曽野綾子

お互いに相手の作品は、終生読んだことがなかった。私はそれでも「朱門が先に死んだら、書いたものを読み直すかもしれませんけど」程度のことは言っていたが、朱門はお世辞にもそんなことを言いもせず、考えたこともないだろう。だからお互いの作品を比べることもなかったし、気にすることもなかった。

私たち夫婦としては、別に作家ではなく、ただお互いが「少し幸せでいてくれたらいい」と考えて生きて来たのである。

生涯は、その人の選んだ人生であって失敗も成功もない

三浦朱門

九十年の生涯の間には、配偶者よりも魅力的に見える女性と接触することは何度かあったかもしれない。しかし現在の配偶者と別れて、その女性と新しい人生を切り開こう、などと考えたことはない。その意味で、私は離婚する人たちの気が知れない。別れたところで、新しい人生を切り開くことなど、果たしてできるものだろうか。結婚して色々、腹の立つこともあるが、これも自分で選んだ人生だと、配偶者に叱られるままに、黙って謝っているほうが、結局のところトクなのだと思っているからだ。

要するに、結婚というのはその人の選んだ人生であって、失敗も成功もない、と思い諦めるべきではないだろうか。

「もしや」と彼女の寝顔をそっと覗く

三浦朱門

しかし私も八十八歳、ある日、家人が私を起こしにきたら、私が死んでいた、といっ

たこともなくはない。私だって妻が起きるのが何時になく遅いと、彼女の寝室を覗くのだが、その時、もしや、とスリルを感じないでもないのが、正直なところなのである。

「この歯、どんな女にやろうかな」

曽野綾子

私は一刻も早く、朱門をうちで暮らさせたかった。ホームの看護師さんたちはすばらしいプロだった。技術的にも人間的にも……朱門の昔話を聞いてくださったようだし、朱門独特の女房のワルクチに話を合わせてくださるようなできた方たちだった。それでも私は家がいい、と思っていた。

内科も歯科も往診を受けられる。朱門はこの期間に奥歯が抜けそうになった。九十一歳でもまだ歯は全部自前なのである。奥歯のグラグラを発見してくださったのはホームの看護師さんで、私だったらとうていそんなことを見つけられはしなかったろう。気がつかないうちに抜けて、その歯が気管にでも入ったら大変だということで、歯科の小島静二先生がグラグラしている歯を抜きに来てくださった。すると朱門はその薄汚い歯を見て、看護師さんたちもいる前で、「この歯は、どの女にやろうかなぁ」と呟いてみせたのだ。その女は大事に指輪にして使うだろう、ということなのである。

朱門はいつもこういう悪い冗談を電光石火の早さで言う癖があり、何十年も前から付き合っている秘書たちなどは「またか」という感じで返事をする気もなくなっているのだが、それでも最近知り合った女性（ここでは看護師さんたち）がいたりすると、「うわァ、いやだー」と言われたさに、まだ性懲りもなくこんなことを言うのである。私の前でも、この「どの女にやろうかなぁ」を言ったので、私は「こんな汚い歯なんて誰が貰ってくれますか。まあ一千万円くらいおつけすれば、貰ってくださる方はいらっしゃるかもしれないけど、歯だけはすぐ棄てられますからね」と言ってやったのだが、世間は朱門の表現の癖を全く知らないから、本気にする人がいるので少し困る時がある。

「僕はまもなく死ぬよ」

曽野綾子

しかし彼の望みは、うちへ帰って老後を過ごすことなのだから、私は老衰のままでもずっと家にいられる態勢を作ることだけにその頃は必死になっていた。今でも私は一回だけ後悔していることがある。私の脚が痛くなって間もなく、私は「もう私はだめだわ。あなたの世話を続けられないわ」と呟いたことがあるのだ。私はもうベッドの上で、彼の半身を起こす力さえなくなったことを嘆いたのだ。こんな調子では、どこか病人の面倒を見てくれる施設に朱門を送らなければ私の体力では多分長くは続かないだろうということだったのだが、それから数日後に朱門は、「僕は間もなく死ぬよ」と言ったのだ。暗い調子でもなく、何かさわやかな予定のような口調だった。

病室に入ってからも、朱門は声は小さかったが、充分にいつもの朱門らしかった。「ここはホームじゃないのよ。病院なのよ。ホームじゃ、あなたは転んで青痣《あおあざ》を作った時、『これは女房に殴られたんです』って言いふらしたのがかなり浸透したけど、ここの病院ではまだ誰も知りませんからね。明日から鋭意言いふらさないと、女房のワルクチが伝わらないわよ」

と耳元で言った。すると彼は、「あれは古くなったから、新しいのにする」と小さい声で答えた。この手の女房のワルクチは、もう随分長い間言い続けていてそろそろ古びて飽きて来たから、近くもっとパンチの効いた新しいヴァージョンにする、ということだ。再起不能の間質性肺炎に罹《かか》っていても、彼はまだこうしていたずらの種を考えていたのだ。

「僕はこのうちが好きだ」

曽野綾子

誰もがそうだが、朱門も自分の家が好きだった。かつては十数人の会食や集まりのできる階下のやや広い部屋を、今は朱門一人の病室にしたので、車椅子も楽に使えるようにはなっている。彼はそこを居場所と思い、朝から午後まで窓いっぱいに差し込む陽差しを受けて、庭の梅の花を食べに来る小鳥や庭木を眺め、窓の下に生えている小さな家庭菜園の伸びすぎているホウレンソウの畑の悪口を言い、ベッドの周囲にうずたかく本を積んでおける生活が好きでたまらないようだった。

朝は四紙の新聞を待ちかねて読んだ。十時過ぎの郵便やメール便で、週刊誌や総合雑誌が届けられるのも大きな慰めだった。この居室はドア一枚で台所とつながっていたので、私が煮物をすればお醤油の匂いは流れて来るし、私が喋っていれば、耳が遠いので、その内容を聞き分けることはできないまでも、何となくその「喧しい、賑やかな」気配を感じられたらしい。

「僕はこのうちが好きだ。ここで晩年を暮らせてほんとうに幸せだ。このうちで死にたい」

と彼は何度か私に言った。

また会う日まで

三浦朱門

キリスト教のお葬式の時に「また会う日まで」というのを歌うんですね。それは、はじめはパッとしない歌なんだけど「また会う日まで、また会う日まで、神のめぐみがともにありますように」という。「また会う日まで」というのは、非常に明るい、希望に満ちてるんです。

だから、死というものを悲しみながら、そこに希望を持てる、というような状態というのは、やっぱりいいことなんじゃないかな。死というものを、暗いもの、悲しいもの、マイナスのものとしてばかり考えないで、そうした時に、生きることがまた輝かしく、力強いものになっていくはずだと思います。

すべての死は孤独なんです

三浦朱門

孤独死というのも、ひとつの死に方だと思いますね。人間は、生まれてきたときも一人で、死ぬときも一人で死ぬ。だから、問題は孤独というものの考え方です。

古くからの友人の病気がかなり悪くなったとき、他の友人と一緒に見舞いに行ったことがあるんです。そのとき、彼は我々をとても機嫌よく迎えて、いつもと同じように笑っていた。ところが、夫人から後で聞いたところ、私たちが帰ってからワッと泣き出して、「あいつらはあんなに元気なのに、どうしてオレはこうも病気ばっかりして、いずれ死ななきゃならないんだろう」と言ったそうなんです。

彼は、奥さんがいて子どもがいても、元気な友達が来たというだけで、孤独感を覚えたんですね。だから、孤独死というのは、ただ一人で死ぬから孤独なのではない。誰かがいても、すべての死は孤独なんです。だから、人間は自分の死を、孤独な死を、どういう形で認めるか、ということが大事なんだと思うんです。

どこで人生を打ち切るか

曽野綾子

しかし、肉体の老化とは別に、精神の分野は、五十代、六十代のほうが、三十代、四十代より明らかに複雑になっている。五十代がおもしろいなら、六十代はもっとそうであろうし、ぼけずに七十代に入れたら、さらにおもしろくなるだろう。そういう恵まれた人たちは八十代、九十代にもみごとに生きられるということに、挑戦してみたくなって当然である。

それゆえ、どこで人生を打ち切るかということは好みによる。その人の精神と肉体の強さにもよる。しかし医学も、長生きさせればいいということで済まなくなったのは、おもしろいことである。

生ききってあの世に行けば、残った者を爽快にさせられる

曽野綾子

つまり、老人に与えられた義務もまた、早く死ぬことではなく、寿命を全うすることである。どんなに仲の悪い間柄でも、年寄りに天寿を全うされないと、誰しも不愉快なのである。

七十過ぎたら、いつ死んでもいいので、万一の場合は、皆で酒を飲んで歌を歌ってくれ、と遺言している老人がいる、という。葬式は誰も泣かないようでなければいけない。生き尽くし、この生と闘い尽くし、思い残すことはない、という状態になって、死んでこそ、残るものに爽やかな気持ちが与えられるのである。

どんなに年を取っても、日々の生活に関与しなければ人間を失う

曽野綾子

リハビリの部屋に向かう朱門に会った。驚いたことに、リハビリの部屋に行くのに、

車椅子に乗っている！　これはまさに目的を見失ったマンガだ。入院まで毎日渋谷まで電車に乗って歩いて遊びに行っていた患者を、車椅子に載せるのだ。病院が、立って動ける患者を「寝た切り」にさせることになりかねない。

病院の生活では、朱門は誰とも喋らない。本も読まない。「どうして？」と聞くと、手元の光源が暗くて読みにくいのだという。それに「僕は活字人間だから、数冊の本に囲まれていないと落ち着かない」とも言う。これは身勝手。テレビも見ない。見たくないのだ、という。理由はわからないが、鬱病的だ。恐らくはっきりした認知症の兆候が出るのも、このままだと数日のうちだろう。

私は最近周囲を見回して、認知症という病状はほんの数日で発症するのだということを知った。先月会った時なんでもなかった人が、今月会うと明らかにおかしくなっている。どこかで社会から隔絶され、生活の只中にいるという状態がなくなると、起きるような気がする。どんなに年を取っていても、私たちは日々の生活に関与しなければ人間を失う。

それでお願いして、一刻も早く家へ返して頂くことになった。

命が尽きるのを、妨げてはならない

曽野綾子

この一カ月以上、朱門はあまりまともにご飯を食べない。朝はスープだけ、昼も夜も、「ご飯要らない」という言葉ばかり聞かされる。おかずでもご飯でも、無理によそうと怒る。うんと痩せて、背広の肩や胸のあたりが、ぶかぶかになっている。

「たまには服を作ったらどうですか?」と言うと、「要らん。もう死ぬまで着るものはある」と言う。

私たちは二人共、もう何年も健康診断というものを受けた事がない。自殺をしてはならない、と思っているが、高齢者は自然に命が尽きるのを妨げてはならない、とも感じているから、食欲がなくなるというのは自然に死の方向に向かっていると思えなくもないのだが、このまま自然に放置しておいていいものか、と私は迷う。

恵まれた最期に感謝した

曽野綾子

最期にたった九日間入院しただけで自分の生涯の幕を引いた。それ以前は自宅の本置き台のある部屋で、普段通りの生活をして過ごせた。入院した時、十五分くらい私といつもと同じユーモラスな会話をして、それを最後に昏睡に落ちた。こんな恵まれた最期を遂げられたのも、日本が恵まれていたからだ。

そして私が救われたのは、人間の生活の労苦に限度も幕引きもあるのは、戦場の最前線にも、登山や航海の途中にも、万人に等しく訪れる疲労があるからだと最近悟ったからである。

日常生活まで創作の世界に生きた

曽野綾子

お棺の中の朱門は、(誰もがよく言うことだが)非常に健康的な表情を取り戻していた。引き締まって若く見え、病んだ老人とは全く見えなかった。私はその一つの理由を、普段朱門はほとんど濡らすだけで、ろくろく顔を洗っていなかったのに、この時ばかりは、きれいに人に洗ってもらったので、何年ぶりかで垢のついていない顔になったのだろうと思った。

「遠藤周作は、終戦の日から顔を洗っていないそうだ」

と朱門は何度か言い、それを許してもらっている寛大な遠藤家を羨ましがっているようなところもあったが、阿川弘之氏、遠藤周作氏、そして三浦朱門の間で交わされた話というものは、すべてマユツバと思って私は聞き流すようになっていた。彼らは日常生活まで完全に創作の世界を生きている作家たちだったのである。

願わくは美しい夕焼けを眺めたい

三浦朱門

願わくは、外に出て美しい夕焼け空を見ることができるだけの体力が、もうしばらく続いてほしいと思う。僕は怒りたくないし、わめこうとも思わない。しかし、その美しい夕焼けを見れば、心の中が燃える。心が躍る。

最後まで自分流の矜持を崩さなかった夫

曽野綾子

朱門は非常に痩せて言葉少なになってはいたが、お手伝いの人には、時々思い出したように感謝の言葉を口にした。それと、私と違って、朱門は身だしなみがよかった。「うちは女性が多いから、僕が寝間着でいるのは、寝室のある二階だけ」というルールをきちんと守っていて、自分の居室が階下に移った後どんなに行動が不自由でも、毎朝長い時間かかって普段着に着替えた。セーターは何枚も持っていて、毎日必ず前日と違うものを着た。その時、色の取り合わせも自分なりに決めていた。茶系のセーターとズボンを穿《は》いた時に、私がただ洗濯がしてあるからというだけの理由で紺の靴下などを出すと、怒って自分で茶系のズボンに合う色の靴下を取りに行った。

病身のくせに、靴下を取り替えに行くという身軽さが私には理解できなかった。そして辿り着いた一つの知識は、人間の徳のようなものも、健康なうちに一種の性癖として身につけておくべきで、老人になってから慌てていい人になろうとしてもできない、ということだった。

夫を最後に入院させたのは、強力な酸素吸入の設備がないと、肺炎で保《も》たなかったためで、それまでは、私はずっと夫を家でみていた。考えてみると、ちょうど一年二、三カ月の間になるが、一人の人を、大体は本人の希望の線にそって見送れたことを、私はよかったのだろうと思っている。その間に、私は少し疲れていたことは、夫の死後自覚したが、その時はごく普通の暮らしだった。

＊

私は夫のベッドの傍らで、ライティング・ボードを使って書いたりもした。六十年以上書き続けて来たので、いつのまにか私にとって、書くということは、呼吸をするのと同じようなものになっていた。

早朝に夫が息を引き取ったその夜遅くにも、私は短時間コンピューターに向かい、このような晩にさえ書かねばならないものがあるから、私は平静でいられるのだと思った。人は平静なら書けると言う。私の場合自覚は少し違った。書くことで、私は平静という最低の人間性を保っていられた。

あとがき

曽野綾子

エッセイに後書きは、本当はつけないでいいのだが、強いて必要とすれば、そのエッセイ集がまとめられた時期のヒントだけ書き記してもいいだろう、と思う。とは言っても、そんなものはなくてもいいようなものだが、一部の学者や、好事家にはお役に立つこともあるようだ。

私は二〇一七年二月の夫の死後、ひどい疲労感で長い間、半病人のようだった。しかし私はそれは自然なこととして受け止めていた。

人一人の生を見送る、ということはそれほどの大事業でもあるような気がするし、又家族はそれだけの思いをかけてもいいように思う。

私は運命に深く抗わない性格だったが、濁流のように受ける人の生涯の変化は、それなりに厳しいものである、という覚悟もしている。どちらにしても、人は受けるだけの変化は受けるのだ。それに耐えても耐えられなくても、実は同じことなのである。

その結果に対しても、私は自然だった。なすすべもない時には流されるのである。そして後で襲って来た泥を除くなり、堤防の高さを上げるなり、あわててことの始末をする。

夫が亡くなった時、私は八十五歳だった。もう作業能力が半人前に落ちても仕方がない年である。しかも私の家には日々の些事を相談する相手もいなかった。息子夫婦は、関西に住んでいるからである。

もっとも残された息子夫婦と私の間には何の問題もなかった。特にケンカもしてないし、財産の争いもしていない。しかし雑事の後片付けは秘書の手を借りて私一人がしなければならなかった。物を捨てるのだって本当は一仕事である。

ただ私の道楽?　の一つに物を捨てることがあったのは幸いだった。時々必要なものまで捨ててしまう。しかし捨てると、家の中の空間が増え、酸素が多くなったような、お風呂に入った後のような、爽快な気分になる。

世の中に「溜め魔」という性格の人もいるらしいのだが、私は「捨て魔」だった。だから私の家の中は見た目にもいつもがらがらである。仲のいい友人が、「こういう家は貧乏だと思われる」と言ったこともあるが、私は狭くても家の中を走り廻れると言って威張っている。今は実際に二匹の猫が廊下を疾走している。

夫の死後、ここまで始末がついた頃に、この共著を出して頂けることになった。

私は夫の書いたものを、あまり読んだことがない。夫も同じだった。だから彼は私の小説など一作も知らないまま亡くなったと思う。作家の夫婦なんて多分そんなものだ。しかし内容の感触はいつも話していることと同じだから、改めて一人の人の記念をこういう形で残して頂けるのはありがたいことだと深く感謝している。

二〇一八年春

出典著作一覧

（順不同）

《書籍》

『老年の品格』新潮社
『わが友遠藤周作』ＰＨＰ研究所
『我が家の内輪話』世界文化社
『夫婦口論』扶桑社
『まず微笑』ＰＨＰ研究所
『夫婦のルール』講談社
『私日記（6）食べても食べても減らない菜っ葉』海竜社
『私日記（7）飛んで行く時間は幸福の印』海竜社
『私日記（8）人生はすべてを使いきる』海竜社
『私日記（9）歩くことが生きること』海竜社
『夫婦、この不思議な関係』ワック
『曽野綾子自伝　この世に恋して』ワック
『不運を幸運に変える力』河出書房新社
『夫の後始末』講談社
『安心したがる人々』小学館
『不幸は人生の財産』小学館
『野垂れ死にの覚悟』ベストセラーズ
『仮の宿』ＰＨＰ研究所
『ただ一人の個性を創るために』ＰＨＰ研究所
『冬子と綾子の老い楽人生』朝日新聞出版
『生きる姿勢』河出書房新社
『晩年の美学を求めて』朝日新聞社
『人はみな「愛」を語る』青春出版社
『家族はわかり合えないから面白い』三笠書房
『堕落と文学』新潮社
『日本人はなぜ成熟できないのか』海竜社
『この世の偽善』ＰＨＰ研究所
『人びとの中の私（新装愛蔵版）』海竜社
『人生の収穫』河出書房新社
『人生の原則』河出書房新社
『誰のために愛するか』祥伝社
『私の中の聖書』ワック
『人生の醍醐味』産経新聞出版
『なぜ人は恐ろしいことをするのか』講談社
『幸せの才能』海竜社
『響き合う対話』佼成出版社
『完本　戒老録』祥伝社
『出会いの神秘―その時、輝いていた人々』ワック
『人生の持ち時間』新潮社
『思い通りにいかないから人生は面白い』三笠書房

《雑誌連載》

『新潮45』「人間関係愚痴話」２０１７年12月号
『Ｖｏｉｃｅ』「私日記」２０１７年４月号
『ＷｉＬＬ』「その時輝いていた人々」２０１７年４月号

※本書は以上の出典から抜粋して、一部、加筆修正のうえ構成いたしました。――編集部

三浦朱門（みうらしゅもん）

1926年東京生まれ。作家。東京大学文学部言語学科卒業。日本大学芸術学部講師、教授を経て69年退職。85年文化庁長官に就任。翌年まで務める。日本文藝家協会理事。90年より2003年まで日本芸術文化振興会会長。1999年、文化功労者となる。04年から14年まで日本藝術院院長。『箱庭』『家長』（文藝春秋）、『妻への詫び状』（光文社）、『老いは怖くない』（PHP研究所）、『我が家の内輪話』（曽野綾子との共著・世界文化社）など著書多数。2017年2月3日逝去。享年91歳。夫人の曽野綾子とは63年あまり連れ添う。

著者プロフィール

曽野綾子（その あやこ）

1931年東京生まれ。作家。聖心女子大学文学部英文科卒業。『遠来の客たち』（筑摩書房）が芥川賞候補となり、文壇にデビューする。1979年ローマ教皇庁よりヴァチカン有功十字勲章を受章。2003年に文化功労者。1972年から2012年まで、海外邦人宣教者活動援助後援会代表。1995年から2005年まで、日本財団会長を務めた。

『無名碑』（講談社）、『天上の青』（毎日新聞社）、『老いの才覚』（KKベストセラーズ）、『人生の収穫』（河出書房新社）、『人間の愚かさについて』（新潮社）、『人間の分際』（幻冬舎）、夫で作家の三浦朱門との共著『我が家の内輪話』（世界文化社）、『私の危険な本音』『死ぬのもたいへんだ』（小社刊）など著書多数。

我が夫のふまじめな生き方

二〇一八年三月二十日　第一刷発行

著　者　曽野綾子
編集人
発行人　阿蘇品蔵
発行所　株式会社青志社
〒一〇七-〇〇五二　東京都港区赤坂六-二-十四　レオ赤坂ビル四階
（編集・営業）
TEL：〇三-五五七四-八五一一　FAX：〇三-五五七四-八五一二
http://www.seishisha.co.jp/

印　刷
製　本　慶昌堂印刷株式会社

ISBN 978-4-86590-060-6 C0095